真桐千秋
（まきり・ちあき）
……なんだこれは？
まさか教師から生徒への、
白なのか？
#……告白？

「優児先輩！　お待たせしました！」
池冬華
（いけ・とうか）
「やっぱり、男の子はお風呂の時間って短いねー」
葉咲夏奈
（はさき・かな）

「友木君の背中……とても大きいわね。
私がまだ小さい時に、
父の背中を流したことを、思い出すわ」
俺の背中に、真桐先生は身体を預けてくる。
肌と肌が触れ合う感覚に、俺の顔は急速に熱くなる。
それから、物憂げな声で真桐先生は続けた。
「もっと、優しくて。
もっと素敵な大人に、
私はなりたかったわ……」
#素直な気持ち

#温泉
朝倉善人
（あさくら・よしと）

友木優児
（ともき・ゆうじ）

池春馬
（いけ・はるま）

「なぁ、優児。良かったら試合をしないか？」

「ああ、もちろん。一台先に使って良いよな？」

俺が他の面子に問いかけると、

「良いですよっ！　私は先輩の応援をしておくので！」

「うん。私、優児君の応援しているから、頑張ってね！」

「俺、友木先輩の応援しますんで、……もう一台は使わないすね」

冬華と夏奈、甲斐が続けて言う。

そんなに見られると照れるのだが……。

「俺はどちらの応援もしたくないから、審判をする！　覚悟しろよ二人とも……！」

ぎらついた眼差しで俺と池を睨む朝倉が言った。

「……なんでこんなにアウェーなんだ？」

肩を竦めて言う池が卓球台の前に立ち、試合が始まるのだった。

友人キャラの俺がモテまくるわけないだろ？ 3

世界一

OVERLAP

CONTENTS

1.友人キャラの俺がモテるわけないだろ？……3
2.怒りの朝倉……7
3.結果……17
4.相談……31
5.生徒会室へ……44
6.……告白？……69
7.お誘い……88
8.満点……100
9.お礼……132
10.出発……151
11.別れ……176
12.幼なじみが絶対に負けない大会……194
13.驚愕……203
14.学生時代……218
15.ノーコメント……227
16.お悩み相談……238
17.本音……248
18.初対面……255
19.先生……288
初恋……303
予告……316

世界一
イラスト／長部トム

1．友人キャラの俺がモテるわけないだろ？

俺のこれまでの人生は、紛れもなく最悪だった。

『顔が怖い』ことと、生来の口下手から怖がられ、他人から好意を持たれることがほとんどなかった。

初めてできた友人も、いつの間にか俺の前からいなくなっていた。

そんな状況が、ずいぶんと長く続いたからだろう。

俺は、他人から好意を持たれることなんてありえないのだと、半ば諦めていた。

……しかし、今は違う。

中学を卒業した俺が進学した高校には、この世界の主人公と言えるような男、池春馬《いけはるま》がいたのだ。

容姿端麗、文武両道。その上人望も厚い、非の打ちどころのない男。

この完璧超人である池の『友人キャラ』ポジションになったおかげで、誇張ではなく俺の人間関係と人生は大きく変わっていった。

池の妹であるがゆえにコンプレックスを抱いていた、池冬華《とうか》。

自らも優秀であるが、『特別』である兄の隣で育ち続けたことで、彼女は苦悩していた。

そんな冬華と出会い、本音をぶつけ合い、絆《きずな》を深めることで、『ニセモノ』の恋人、という関係ではあるが、今ではお互いに信頼できるパートナーとなった……と、俺はそう思っている。

そして、俺の前から立ち去ったと思っていた、初めてできた友人・ナツオ……改め、葉《は》咲夏奈《さきかな》。

男だと思っていた旧友が、実は女だった。

まさかこんなベタなイベントが俺の身に降りかかるとは思わず、驚いたのだが、それ以上に——。

彼女が長年抱えた想《おも》いを、俺に告白してきたことに驚いた。

結局、その想いに応えることはなかったが、それでも俺なんかのことを好きだと言ってくれたことが、嬉《うれ》しかった。

嫌われてばかりの俺に好意を抱いてくれたのは、この三人だけではなかった。

池の手伝いをするうちに、俺のことを認めてくれた生徒会役員の田中《たなか》先輩と鈴木《すずき》。

生徒会の手伝いをしていた俺と会話し、誤解が解けて友人となったクラスメイトの朝倉《あさくら》善人《よしと》。

そして、殴り合って分かり合った、後輩の甲斐烈火《かいれつか》。

——それから、池とは別にもう一人。

俺の人生を変えてくれた人がいる。

どん底にいた時に救いの手を差し伸べてくれた恩師・真桐千秋《まきりちあき》先生。

時に厳しく、時に温かく見守ってくれる——俺がこれまでの学生生活で出会えなかった恩師。

彼ら彼女らのおかげで、俺は『青春』というやつを……悪くないと言える程には送れているのだと、胸を張って言えるのだった。

☆

それは、二年の期末テストが無事に終わり、もうすぐ夏休みに入るという、とある暑い夜のこと。

「……の、何が……？」

いつもはフォーマルな服装を着こなしている真桐先生だが、この時はシャツのボタンが外れ、白い胸元が覗《のぞ》いていた。

必死にそれから視線を逸《そ》らす俺の耳に、真桐先生の呟《つぶや》き声が、途切れ途切れに届いた。

「すんません、今何か言いました？」

俺の問いかけに、真桐先生は上気し、頬を紅《あか》く染めた。

そして、潤んだ瞳で俺を見つめる。

……なんだこれは？　まさか教師から生徒への、禁断の愛の告白なのか？

いや、夏奈からの告白が異常事態だっただけで、本来は『友人キャラ』である俺に告白、なんてありえないことだし、そもそも真桐先生がそんなことを言うわけがない。

では一体、何を言おうとしているんだ？

俺は緊張しながら、真桐先生の視線に応じる。

蕩《とろ》けた表情の真桐先生は、鮮やかな朱色を差した唇を、大きく開いて――


「だからっ！　処女《ヴァージン》の、何が悪いって言うのよぉっ！？！？」


と叫んだ。

――友人キャラの俺がモテるわけがない。

それは、当然なのだが……。

「――別に、悪くはないかと……」

流石《さすが》に真桐先生の発言は想定外すぎて、俺は呆《ほう》けたように一言呟くことしかできないのだった――。

2．怒りの朝倉

梅雨明け近くの6月末。

今日は雨も降らずに空を見上げれば太陽が輝き、もうすぐそこに夏が訪れることを予感させる、そんなある日の放課後のこと。

「せんぱ～い、ここがよく分からないので、教えてくださいっ♡」

俺たちは、こんなに良い天気だというのに、この間の中間テストの時と同じメンバーで、再び期末テストの勉強会を行っていた。

駅近くのファミレスのボックス席で隣に座る冬華が、甘えた声で俺にお願いしてきた。

「ん、おう。ここは……」

あざとく問いかけてきた冬華は、入試と中間テストで学年一位を獲得した才女だが、学年は俺よりも一つ下。

俺自身そこそこの成績であるため、一年時の内容であれば、彼女に勉強を教えることもできる。

「あは、なるほど！　分かりましたっ、やっぱり先輩、教えるの上手ですよねっ！」

俺が要点を解説すると、すぐに理解した冬華。俺の教え方というよりも、彼女の素の理解力が高いだけなのだろう。

「流石私のカレピ、素敵です♡」

と、ウィンクをしてくるのは、彼女が俺の『ニセモノ』の恋人であり、それを周囲にアピールするため。

……そしてもう一つ。

『ニセモノ』の恋人関係継続のため、彼女は俺に本物の恋人ができたら困ると考えている。その対策として、冬華は俺を惚《ほ》れさせる、と宣言していた。

そのため、以前よりも冬華は俺を惚れさせる、と宣言していた。

「ねぇねぇ、優児《ゆうじ》君。私も分からないところがあったんだけど、教えてくれるかな?」

俺の太ももの上に手を置いて、冬華とは反対側の隣に座る女子、葉咲夏奈が声をかけてきた。

「ん、どこだ?」

「えっと、ここなんだけど……」

夏奈が躓《つまず》いた問題を俺は説明する。

冬華程すぐには理解できなかったようだが、ひっかかったところを押さえて説明すると……。

「分かった! そっかー、そういうことだったんだー。ありがとっ、優児君!」

「ああ、気にするな。自分の復習にもなるしな」

夏奈のお礼の言葉に、俺はそう返す。

彼女の問いに答えられない場合は、その質問を頼れる友人にパスする。

俺は対面に座る、池春馬へと視線を向ける。彼は俺の視線に気が付いたのか、爽やかに微笑《ほほえ》んだ。

……嫉妬する気も失《う》せるほどのイケメンだった。

「えへ、優児君って頭良いし、カッコいいし、優しいし、頼りになるし。……惚れなおしちゃった」

そう言って、俺にしなだれかかる夏奈。反対側からは、冬華の舌打ちの音が聞こえてくる。

……これこそ、冬華が俺に惚れさせると宣言した、そもそもの理由だった。

葉咲夏奈は、どうしたわけか俺に惚れている。

彼女から、その想いを告げられもしたが、その告白を一度は断っている。

しかし、彼女には勘違いから『成功するか、諦めきれるまで何度も告白をしたら良い』と言ってしまったこともあり、どうしても今のようなアピールを強く断れないでいた。

「……ちょっと葉咲先輩？　私のカレピに色目使うのやめてくれません？　ていうか、それは中間テストの時に私が言ったこととまんまなので、やめてもらえません？」

そのことが、冬華にとっては非常に不愉快らしい。

「えー、冬華ちゃんこわーい。ていうか、意外と恋人のことを束縛するタイプなんだね、もうちょっとカジュアルにお付き合いをするタイプだと思ってたんだけど……結構重いんだね」

「はぁっ？　私が重い!?……小学生の時から何年間も片思いを続けているナツオちゃんにだけは言われたくないんだけどー？」

「た、確かに前は男の子によく間違われたけど……今は、冬華ちゃんにだって、負けてないからっ」

そう、夏奈は以前男の子によく間違われていて、実際俺も出会った小学生の頃は彼女を男だと思っていた。

それが、俺のかつての親友である『ナツオ』だ。

しかし今や、栗色《くりいろ》の髪の毛をサイドテールに纏《まと》め、顔も中性的な雰囲気が薄れたアイドル級の美少女になっていた。誰も今の夏奈を男と間違えはしないだろう。

「垂れろっ……！」

こめかみに青筋を浮かべて、冬華は悔しそうに呟いた。

「え、何が!?」

困惑する夏奈の豊かな胸元を、冬華は恨めしそうに睨《にら》んでいた。俺はそれを見て察した。

「てか、葉咲先輩は兄貴に教えてもらった方が良いんじゃないですかぁ？　私のカレピの負担になることは、してもらいたくないんですけど？」

冬華《とうか》が自分のことを全力で棚上げしてそう告げると、夏奈は俯《うつむ》いた。

俯いたまま夏奈は、ノートの上に置いている俺の手に、自らの手を重ねた。

その手の温《ぬく》もりに、俺の肩が跳ねた。

「優児君が迷惑って言うのなら、私も無理に勉強を教えてもらったりしないよ？　でもね、私は優児君に教えてもらいたいな。……勉強以外にも、色々と」

情熱的な視線を向けてくる夏奈が、ぎゅっと俺の手を握った。

「だから……そういうのも全部兄貴に教えてもらえばいいんじゃないですかぁ？」

そして冬華は、ぺしっ、と俺の手に重なる夏奈の手をはたいた。

俺を挟んで冬華と夏奈が一触即発の状況となった。

……それを見て、池《いけ》の隣に座る朝倉善人が顔を伏せ、プルプルと震えていた。

ノリが良く、温厚な性格なのだが……流石にうるさくしすぎたか。こう騒がれていれば、勉強に集中できるはずもない。我慢の限界なのだろう。

俺は一つため息を吐《つ》いてから、

「冬華、夏奈」

二人の名前を呼ぶ。

「なんですか、先輩？」

「どうしたのかな、優児君？」

二人は嬉《うれ》しそうに俺に返事をする。

そんな彼女らの表情を見てから、俺ははっきりと言った。

「俺たちはなんのためにここにいるんだ？　勉強の邪魔をするんだったら、二人とも帰ってくれ」

俺は、二人に向かって厳しめにそう言った。

すると、冬華はやや不満そうな表情を浮かべたものの、

「はいっ、反省してまーす」

と、言った。

「うん、そうだね。邪魔をしないようにするね」

夏奈《かな》はというと、いたずらっぽく舌を出しつつそう言った。

……二人とも、あまり反省をしていなそうだった。

だがしかし、二人とも注意を受けた後、すぐに騒いだりはしないだろう。これでしばらくは勉強に集中できそうだ。きっと、朝倉《あさくら》もホッとしたに違いない。

そう思って彼の方に視線を向けると、

「なんでだよっ……！」

と、俯き、テーブルに拳を押し付けながら声を振り絞った朝倉が視界に入った。

もう手遅れだった……か？

そう思いつつ、朝倉を窺《うかが》うと、彼は俺をきっと睨みつけて――

「どうして……どうして俺だけがモテないんだっ!?」

……絶望した表情で嘆いた。

「池はいつも女子に囲まれてちやほやされているし！　友木《ともぎ》は一年で最も可愛《かわい》い冬華ちゃんと、みんなのアイドル葉咲《はさき》を侍《はべ》らせて……こんなの不公平だっ！」

言い終わり、虚《うつ》ろな目で無表情になった朝倉。その眼差《まなざ》しが何を捉えているのかは、俺には窺い知れなかった。

……こういう時、なんて言えばいいのだろうか？

朝倉はいつも場を盛り上げてくれるし、俺のような人間にも分け隔てなく接するコミュニケーション能力もある。

バレー部ではスタメンらしいし、そんなに落ち込まなくても、今に誰か朝倉を好きになる人は現れると思っている。

……しかしこのことを、冬華という彼女がいながら、夏奈という美少女を侍らせている（ように見える）俺がそのまま言ったら、嫌味に聞こえないだろうか？

少し考えて……俺は何も言うべきではないなと判断した。

「朝倉君は良い人だから、きっと素敵な彼女ができると思うよ」

「そうですね、朝倉先輩は人を見る目がありますから」

そして、すぐさまフォローの言葉を放ったのは、意外にも女子二人だった。

かなり好感度の高いコメントに、朝倉は分かりやすく元気になる。

「え、そう？……参考までに、俺のどんなところが素敵なのか教えてもらえる？」

照れくさそうに鼻頭を擦《こす》りながら、二人に問いかける朝倉。

「優児君のこと怖がらないところが素敵だと思うよ！」

「優児先輩のお友達なところ、ですかね♡」

そして、二人が楽しそうな表情を浮かべて、答えた。

その答えに、朝倉はスッと無表情になり、池の方へ顔を向けた。

「……池、頼む。俺に勉強を叩《たた》き込んでくれ。こんな今世紀最大のリア充に勉強まで負けるわけにはいかない……！」

無表情のまま怨念の籠った目で俺を見ながら言う朝倉。怖っ……。

「……そうだな、やる気になることは良いことだ。だから、冬華も夏奈も、勉強の邪魔はするなよ」

池は朝倉に向かって微笑んでから、冬華と夏奈に注意した。

二人は注意を受けたことに不満そうな表情を浮かべてから、

「怒られちゃいましたね。もう、優児《ゆうじ》先輩が葉咲先輩からストーカーの被害を受けていると警察に届出さえしていれば、こんなことにはならなかったのにっ！　先輩、今からでも遅くないですよ？」

「優児君が早く私に靡《なび》いてくれたら、朝倉君だってここまで怒らなかったと思うな。だからこれは優児君の、意地悪のせいだよ？」

両隣から耳打ちをしてきた。

こそばゆくて俺は身じろぎし、その際に朝倉の姿が視界に入った。

……目の錯覚なのだろうが、朝倉の周囲に怨念染みた黒いオーラが見えた気がした。

それから、頬を朱色に染めてこちらを上目遣いで窺う冬華と夏奈を見て、俺は再びため息を吐くのだった。

3. 結果

勉強会から、数日後。

一学期末のテストも無事に終わり、既に各テストの返却も終了した。

それぞれのテスト結果を見て、一喜一憂をする生徒たち。

そして、うちの学校では定期テストのたびに、成績上位者の結果が学年ごとに掲示板に貼りだされることとなる。

多くの生徒は野次馬根性丸出しで、貼り出されてすぐに確認に行き、楽しそうに騒ぐ。

……ので、俺はその邪魔をしてはいけないと、貼り出されてすぐではなく、時間をずらして確認に行った。

掲示された場所に向かうと、そこには俺以外誰もいなかった。

これは、好都合だ。

今回のテストも前回同様、池に教えてもらい、返却されたテストの点数も良かったため、どんな結果になったか気になっていた。

普段は学年十位前後の成績だが、今回は五位以内に入っているかもしれない……なんて思っていると。

「朝倉、五位だ……」

まず真っ先に、朝倉の名前を見つけた。

前回のテストでも池に教わっていたが、その時は結局下の上程度の成績だったらしい。

……しかし、今回の期末で一気に学年五位まで成績を伸ばすとは。

逆に、テスト期間中に真剣に勉強しただけで、ここまでの点数が取れるのであれば、朝倉がこれまでしていた勉強は、なんだったのだろうか？　と、単純に疑問に思った。

「……虚《むな》しいもんだ」

と、唐突に、悩ましい呟《つぶや》き声が耳に届いた。振り返り隣を見ると、自嘲を浮かべつつ壁にもたれかけて立っている朝倉がいた。

「いつの間に？」

「友木がふらっと教室を出て行ったのに気づいていたからな。あとをつけてきたんだ」

「なるほど、それで俺に向かって勝利宣言をしたかったってわけだ。……おめでとう、朝倉。素直にすごいと思う」

俺は真《ま》っ直《す》ぐに朝倉を見て、彼を褒めたたえる。

朝倉がここまで頑張ったのは、確実にこの間の勉強会のことがあったからだろう。

「ホントに……虚しいもんだ」

と、瞼《まぶた》を伏せて、朝倉は繰り返し呟いた。

「……虚しいことはないだろ。学年五位だなんて、帰宅部で普段から勉強している俺でも、そんな好成績は経験ないぞ」

俺の言葉を聞いた朝倉は、自嘲気味に笑った。今日の朝倉は、一体どうしたというのだろうか？

そう思い視線を向けると、彼は掲示板を指さしてから言う。

「負けたよ、友木」

朝倉が指さしたその先を確認する。

そこに書かれていたのは――。

二位　友木　優児

あっ……俺、今回学年二位だったのか……。

「悪い朝倉、嫌味に聞こえたよな……」

そんなつもりは全くなかったのだが、それでも……申し訳ない。そう思い俺が謝ると、彼は口を開いた。

「頑張ったな友木……お前がナンバーワンだ」

急に誇り高き戦闘民族の王子のような言葉で俺を称賛したベジ……朝倉。

「いや待てベジー倉。ナンバーワンは池《いけ》なんだが……」

今回も当然のように一位をキープしていた池の名前を挙げると……。

「池は殿堂入りをしているから、友木が実質ナンバーワンだ……」

そう言い残し、朝倉《あさくら》は颯爽《さっそう》と教室へと戻っていった。……大丈夫だろうか、朝倉。俺がそんな風に心配げな眼差しを彼の背中に向けていると。

「あ、優児君！　教室に戻ってこないと思ったら、ここにいたんだねっ！」

「テスト結果を見ていたんだな」

今度は、朝倉と入れ替わりで夏奈《かな》と池がやってきた。どうやら探しに来てくれたらしい。

「私もさっき結果を確認したんだけど、学年二位おめでとっ！　春馬《はるま》しか上にいないから、実質一位みたいなもんだよ！」

ぐっ、とサムズアップして笑みを浮かべた夏奈。彼女の中でも池は殿堂入りを果たしているらしかった。

「ありがとう、夏奈。ただ、一位はやっぱり池だろ。俺も含めて色んな連中に勉強を教えながらのこの結果なんだからな」

「そうは言っても、優児も冬華《とうか》や夏奈に勉強を教えながらだったし、条件は変わらないと思うがな。そんな中で一気に二位まで成績を伸ばしたわけだから、優児の努力はすごいと思うぞ」

入学以来学年一位であり続ける池こそが、本当にすごいと俺は思う。

「うんうん、本当にすごいよ！　勉強のできる人って、素敵だと思う！　春馬くらい突き抜けてるとちょっと引くけど、優児君はすっごく素敵だと思うの！」

さりげなく夏奈にディスられた池は、ただ苦笑を浮かべていた。

一言フォローをしようと思ったが、少し離れた位置に女子生徒が立っていることに気が付いた。……彼女も掲示板を見たいが、俺がいるから近寄れない。そんなところだろう。

「……そろそろ教室に戻るか」

俺がそう言うと、

「俺はこの後、職員室に次の授業の教材を取りに行くから、先に教室に戻っていてくれ」

「手伝うぞ」

「そんな大したものじゃないから、気にするな」

池はそう言ってから、職員室へと向かっていった。

彼の背中を見送っていると、

「……二人っきりになっちゃったね？」

夏奈はそう言って、上目遣いに俺を窺う。

だがしかし、彼女は気づいていないだけで、もう一人女子生徒がいるのだった。

なんと答えたものかと考えていると、

「友木《ともき》優児さん。少し、よろしいでしょうか？」

その女子生徒が近づき、俺に向かって声をかけてきた。

俺がいたから掲示板を見られなかったのでは？　というか、見ず知らずの女子が俺に気安く声をかけるなんて、初めての経験なんだが？

俺の脳内は混乱していたが、彼女は返答を待っていた。

「あ、ああ、構わない」

目の前に立つ艶やかな黒髪の、品のある育ちのよさそうな女子は、俺の返答を聞いて、安心したように微笑《ほほえ》む。

「初めまして、竜宮乙女《たつみやおとめ》と申します」

その女子は、俺の目を見ても怖がる素振りを一切見せなかった。

度胸のある女子だなと思い、一つ頷《うなず》いて彼女の言葉を促す。

「少し、お話を聞かせてくださいますか？」

どこか挑戦的な笑みを浮かべて、彼女は俺に向かってそう問いかけた。

「なんだ？」

俺がそう言うと、隣から夏奈が口を挟んだ。

「竜宮さん、休み時間あんまり残っていないけど、大丈夫？」

時計を見ると、休み時間は残り5、6分と言ったところか。

確かに、あまり長話はできそうにないな。

「ええ、大丈夫ですよ葉咲《はさき》さん。少し聞きたいことがあるだけですので」

竜宮は夏奈に向かってそう答えた。

声音や表情から、二人は初対面っぽくないと思い、俺は夏奈に耳打ちする。

「……知り合いか？」

すると、夏奈は耳を押さえて顔を真っ赤にしてから、

「ふ、不意打ちは卑怯《ひきょう》だよっ！……ドキッとしちゃうから」

そういうつもりではなかったのだが、ドギマギする夏奈を見て、気まずくなる俺。

「すまん、気を付ける。それで、二人は知り合いなのか？」

再びの俺の問いかけに、少し残念そうに唇を尖《とが》らせてから、夏奈は答えた。

「うん、竜宮さん生徒会の副会長だから、春馬と一緒にいるところをよく見てたんだよね。それで、何度か話をしたこともあったよ」

「ああ、うちの副会長だったか」

生徒会副会長と言われても、あまりピンとはこなかったが。

「友木さんも、生徒会室で数回は私と顔を合わせていたと思うのですが……覚えていらっしゃらないようですね？」

俺たちの会話が聞こえていたのだろう、正面の竜宮は特に不機嫌になった様子もなく、

そう言った。

「悪いな、人の顔を覚えるのは苦手なんだ」

人の顔を覚えるほど見てしまえば、問答無用でそいつから怯《おび》えられてしまうという悲しい理由があるからである。

「そうですか、それでは今回をきっかけに覚えていただければ幸いですね」

そう言って、竜宮は淑《しと》やかに笑う。

俺に対して怯えないなと思ったが、生徒会の人間ならば、池や他の役員から話を聞いており、怖がることもないのかもしれない。

「ああ、もう覚えた。それで、話ってなんだ？」

「今回のテストの結果についてです」

俺の問いに、竜宮は頷いてから答えた。

「一年時の成績は十位前後。前回の中間テストは六位。そして、今回の期末テストは……二位。もともと優秀なようでしたが、今回特に優秀な結果を残したその秘訣《ひけつ》を、ぜひ聞かせて欲しいのです。……友木さんは一体、どのような手段を使ったのでしょうか？」

凜《りん》とした表情で、鋭く冷たい視線を向け、詰問でもするような固い声音で問いかける竜宮。

嫌な予感がした。

もしかしてこれは……。

「俺がカンニングしたとでも疑っているのか？」

「ええっ!?　何言ってるの、竜宮さん!?　優児《ゆうじ》君はそんなことしないよ!?」

俺が言うと、夏奈は慌てた様子で告げる。

その様子に、竜宮はキョトンとした表情を浮かべた後に、クスッと控えめに笑った。

「なぜ、友木さんの成績が良いことで、今更そのような疑念を抱くのでしょう？　先ほども言いましたが、元々優秀な成績だったでしょう？　そこからさらに順位を伸ばしたので、何か効果的な学習法を身に付けたり、予備校通いでも始めたのかと思いまして」

「……声が尖っていたように感じたが。あれは気のせいか？」

竜宮の言葉に嘘《うそ》がなかったとしたら、なぜあのように問いただすような口調になる？

そして、俺に声をかけた時のあの挑戦的な表情……。

何かあるはずだ。そう思い、俺は注意深く彼女を見た。

「それは……すみません。どうしても、悔しくて。思わずきつい口調になっていたのかもしれません」

気まずそうに視線を逸《そ》らしながら、竜宮は呟いた。

「悔しい？」

コクリと頷いてから、照れくさそうにはにかんだ笑みを浮かべ、竜宮は続ける。

「私は入学からこれまで会長を越えることを目標に勉強を続けてきたのですが、一年時はとうとう彼を追い抜くことはできませんでした。そして二年に上がれば、今度は友木さんにまで追い越されてしまい。……なりふり構わず、こうして助言を求めたというわけです」

そういうことだったのか。

自分を負かした相手に頭を下げるのだから、確かに気持ち良くはないのだろう。

「優児君に抜かれるまで、竜宮さんはずっと春馬の次、学年二位だったんだよ。つまり前回までの実質一位だったんだよ」

夏奈が耳打ちをしてくる。何度聞いても、池の扱いがとんでもない。

「そういうことなら、力になれる。俺の成績が伸びた理由は、明確だからな」

俺が言うと、彼女はぱぁっと表情を明るくさせた。

「本当ですか?」

俺は一度頷いてから、竜宮に向かって説明する。

「俺の成績が伸びているのは、池のおかげだ」

「会長のおかげ……というのは、どういうことでしょうか?」

「どういうも何も、俺は池に、テスト期間中に勉強を教えてもらっていたんだよ。一年の時は一人で苦手な問題を頭を悩ませながら解いていたのが、池に教えてもらえるとすぐに理解できるようになったもんだから、効率的に勉強ができた。それが、今回の成績アップの理由だ」

「会長と放課後、一緒にお勉強!?　う、うらやま……ではなく！　なるほど。友木さんは自学自習でテスト対策をしていたのが、会長に勉強を見てもらうことで効率的に苦手を克服した、と。そういうことですね？」

一瞬、とても動揺した竜宮。

それからすぐに平静を装い、俺に向かってそう言った。……流石《さすが》は完璧超人、稀代《きだい》の色男である池春馬。美少女生徒会副会長は、既に攻略済みらしかった。

「そういうことだ」

俺が答えると、竜宮はふむと頷いた。それから、口を開く。

「……ですが、それでは私が役立てられそうなことはありませんね」

「どうして？　なりふり構わないんだったら、春馬に教えてもらったら手っ取り早いんじゃないの？」

夏奈は不思議そうに、竜宮に問いかけた。

すると、竜宮はその問いかけに苦笑を浮かべながら答える。

「会長に勝つために、会長に教えを乞うなんて――それは、王道ではないでしょう？」

なるほど、俺がいたから掲示板を見られなかったのではなく、池がいるところで俺の成績アップの秘訣を聞くのが嫌だったのか。

そう腑《ふ》に落ちたと同時に、彼女の意地っ張りな答えに夏奈《かな》も納得したのか、

「……それなら、仕方ないね」

と、苦笑を返した。

なんだかんだで、夏奈も負けず嫌いだから、彼女の気持ちを理解できるのだろう。竜宮はそれから、俺と夏奈に笑みを浮かべてから、一礼をした。

「それでは、また近いうちに。ごきげんよう友木さん、葉咲さん」

そして、彼女は廊下を歩き、自分の教室へと帰っていった。

彼女の背中を見送ってから、別れ際の言葉を思い出す。

近いうちとは、なんのことだろうか……？　無言のままでいると、夏奈が俺に向かって呟《つぶや》く。

「綺麗《きれい》だよね、竜宮さんって」

「ああ、そうだな」

確かに、竜宮は綺麗な女子だ。

俺は夏奈の問いに、思ったことをそのまま返した。

「……その、優児君は竜宮さんみたいな女の子のこと、どう思うのかな？」

不安そうに問いかける夏奈に、俺は先ほどと同じように、思ったことをそのまま答えた。

「いつも明るく親しみやすい夏奈がみんなのアイドルだとすれば。おしとやかで近寄りがたい雰囲気のある竜宮は、高嶺《たかね》の花って感じか。それにしても、『ごきげんよう』とか現実で言う奴《やつ》を見たのは初めてで驚いたな」

何かしらリアクションがあると思い待っていたのだが……夏奈は、俺の言葉に対してなんの反応もしない。

どうしたのだろうか？　そう思い、夏奈を見ると……。

顔を真っ赤にして、目尻に涙を浮かべつつ、ぷるぷると肩を震わせていた。

「ど、どうした!?」

俺の問いかけに、夏奈は「だって……」と呟いてから、

「あ、アイドルって……私のこと、そんな風に見てもらえてたって、知らなかったんだもん……」

と、余裕のない表情で、俺を窺《うかが》いながら言った。

なるほど、……どうやら俺は、結構恥ずかしいことを言っていたようだ。

「すまん、忘れてくれ」

「……やだ。絶対忘れない、一生忘れない」

冷静になって一言呟いた俺に、夏奈は真っ直《ます》ぐに俺を見て、力強く断言した。

俺が困ったような表情を浮かべると、夏奈は満足そうに微笑み、それから安心したよう

に言った。

「でも良かった。……竜宮《たつみや》さんは、心配なさそうで」

その呟きが耳に届いたが……「なんのことだ？」と言えるほど、俺は鈍感ではなかった。

「……戻るか、教室」

彼女の言葉に何も反応できないことを申し訳なく思いつつ。

「うん、戻ろっか。遅刻しないように、急がなくっちゃね？」

俺と夏奈は二人並んで、教室へと廊下を急ぐのだった。

4．相談

「これで今日の授業は終わりです」

午前最後の授業終了のチャイムが鳴り、教壇に立つ真桐《まきり》先生が、クラス委員に号令を促した。

挨拶が済むと、彼女は教室から出て行った。

俺も一度教室を出ようと席を立つ。

そして廊下に出ると、先に教室から出ていた真桐先生と対面した。

彼女は俺の顔を見て、思い出したように言った。

「ちょうど良かったわ、友木《ともき》君。少しお話をしたいのだけど、後で少し時間良いかしら？」

真桐先生の言葉に「うす」と一言応じてから、

「真桐先生が良ければ、今からでも大丈夫ですけど」

昼休みの後半から時間を取るよりも、早めに済ませた方が良いかと思い、そう答えた。

真桐先生は「それなら……」と呟いてから、

「職員室まで戻りたいから、……歩きながらでも、大丈夫かしら」

「もちろん、大丈夫ですよ」

俺の言葉に、真桐先生は柔らかく微笑《ほほえ》んだ。

それから、歩き始める真桐先生。俺はその背を追いながら、スマホを取り出し、『ちょっと用事ができた』と冬華《とうか》にメッセージを送った。

普段一緒に昼を食べるために、冬華が教室まで迎えに来てくれるので、連絡を入れておかなければならない。

そして、ほんの数秒後。

冬華からは、頬を膨らませたムカつく顔のキャラクターのスタンプと、『いつものところで待ってますからねっ！』というメッセージが届いた。

メッセージ見るの早っ……と思いつつ、『了解』と返信する。

それからスマホをしまい、真桐先生の後をついて歩いていると、他のクラスの生徒が、教室の中から俺と真桐先生に、好奇の眼差《まなざ》しを向けているのに気づいた。

「おい、あれ……」

「真桐先生に呼び出されてんのか？」

「友木、また悪さしたのかよ。……よく退学にならないな、あいつ」

と、小声で話していたのが、耳に届いた。

……二年の一学期も終わるというのに、相変わらず怖がられている。

と、思っていると、真桐先生が唐突に足を止め、噂《うわさ》をしていた連中を、キッと睨《にら》みつける。

「あなたたち。私か友木君に、何か用なのかしら？」

冷たい視線と、固い声音。普段よくしてもらってばかりで忘れてしまいそうになるが、基本的に真桐先生は、『厳しくて怖い』先生なのだ。

その目に見据えられ、言葉を掛けられた生徒たちは「い、いぇ……」と、一言呟くのが精いっぱいのようだった。

「そう。それなら、憶測で余計な噂話はしないよう」

真桐先生はそう言い残し、再び歩き始めた。それを見て、生徒たちはホッとため息を吐《つ》いていた。

多くの生徒にとって真桐先生は、怖い先生に違いないのだろう。だけど、今の対応は、変な噂をされる俺を守るための行動に違いない。

俺は、少し嬉《うれ》しくなった。

「……何をニヤニヤしているの、友木君？」

「今俺、ニヤニヤしてましたか？」

少しだけ先を歩く真桐先生がこちらを窺いつつ、「ええ」と頷《うなず》いた。……俺は自分が思っているよりも、よっぽど顔に出やすい性格をしているらしい。

「……すみません、気にしないでください」

俺が言うと、真桐先生は不思議そうに首を傾《かし》げたものの、深く追及をすることはなかった。

「それで話ってなんなんですか？」

「テストのことよ」

と、真桐先生は前置きをしてから。

「友木君、今回はとても頑張っていたわね。学年二位なんて、すごいじゃない。おめでとう」

そう言って、真桐先生は柔らかく笑った。

俺は少々面食らう。褒められるのは嬉しいが、なんだかむず痒《がゆ》い。

「どうも。……ただ、俺が二位になれたのは実力じゃなくって、池《いけ》から勉強を教えてもらったからです。本当にすごいのは、池ですよ」

これまでの全ての学力テストで学年一位を獲《と》り続けている友人の名を出すと、真桐先生はゆっくりと首を振った。

「いくら優秀な人間から教わったところで、それを受ける側に聞く気がなければ意味がないわ。友木君、あなたが二位になったのは、他の誰でもなくあなた自身が努力したからよ。胸を張りなさい」

「教えてくれる、一緒に頑張れる友人がいるのは、結構大きい要素だと思います。確かに、やる気を出して急に成績が伸びた朝倉《あさくら》みたいな例があるので、本人の努力は不可欠でしょうけど」

急に学年五位になった朝倉の話を出すと、真桐先生は真剣な表情になった。

「朝倉君の話も聞きたかったの。……あそこまで急激に成績が伸びると、さっきとは言っているこ とが矛盾するのは承知しているけれど、それでも流石《さすが》に、普段の授業が酷《ひど》かったのではないかと、心配になるわ……」

「これまでと比較にならないモチベーションで、しかもあの池がつきっきりで基本を教え込んで、苦手分野を潰してたので、決して先生方の責任ではないと思いますけど」

俺の言葉に、真桐先生は苦笑を浮かべる。

「池君にも、朝倉君の成績が上がったことについて聞いてみたら、友木君と同じことを言っていたわ」

「池にも聞いていたんですね」

「ええ。友木君も一緒に勉強をしていたから、はた目で見て気づいたことがあるかもしれない、って言われて、友木君にも聞いてみることにしたの。もちろん、朝倉君にも直接聞いてみたわ」

「そうだったんですか。朝倉は、なんて言ってたんですか？」

「池君に教わっていたことと……、『勉強ができる池や友木はモテモテですけど、俺は勉強ができるようになってもモテないのは、なんででしょうね？』と、逆に質問を受けたわ」

「ちなみに、真桐先生はなんて答えたんですか？」

「学生時代の恋愛が全てではないわ、と……」

「学生時代の恋愛は諦めた方が良いって、止《とど》め刺してるようなものじゃないですか……！」

俺は思わず非難っぽく言ってしまった。

そんなことはない、と注意されるかと思いきや、どうしたことか真桐先生は珍しく顔を赤くし、どこか悔しそうに俯《うつむ》いた。

……どんな感情を抱いているのか、その表情からは読み取れない。

「真桐先生……？」

俺が彼女の名を呼ぶと、ハッとした表情を浮かべてから、

「そう言えば、もう一つ聞きたいことがあったの」

と、露骨に話を逸《そ》らした。深く追及することでもないことなので、

「もう一つ、ですか？」

俺はそう呟《つぶや》き、話の先を促した。

「朝倉君の話でも出たけど。友木君がモテモテなのは、どうやら間違いないようね」

真桐先生は真《ま》っ直《す》ぐな眼差しを俺に向けてから、続けて言う。

「葉咲《はさき》さんと、最近妙に仲が良いようだけど……池さんとの『ニセモノ』の恋人関係を続

けたまま、葉咲さんとの交際を始めたのかしら？」

真桐先生は、俺と夏奈《かな》との関係を問いかけた。

事情を知らない第三者が見れば、俺は二股をかける男に見えていることだろう。

しかし……真桐先生には、俺と冬華が『ニセモノ』の恋人関係であることを話している。

だからこそ、尚更《なおさら》今の関係が歪《いびつ》に映るのだろう。

「夏奈とは――色々、あったんです」

なんと説明をしようか悩みつつも、俺はそう答える。

すると、真桐先生は不意に立ち止まった。いつの間にか、職員室までもうすぐ、というところまで来ていた。

彼女は、一番近い部屋の扉を開ける。そこは、何度か訪れたことのある、生徒指導室だった。

真桐先生は真剣な表情を浮かべて、再度問いかけてきた。

「……もう少しだけ、話を聞かせてもらっても、良いかしら？」

彼女は、俺が心底信頼できる、数少ない人だ。

軽々しく誰かに口外することもなければ、悪いようにもしないだろう。

俺の話を聞いて、力になろうとしてくれているのだ。彼女の真っ直ぐで力強い眼差しを見れば、分かる。

そう確信をした俺は、真桐先生の言葉に頷いた。

廊下で立ち話、というのは、少々まずい。真桐先生の案内に応じて、生徒指導室へと入る。それから、鍵はかけないまま、互いに向かい合って椅子に腰かける。

真桐先生は、俺の言葉を待っているようだった。

俺は、ゆっくりと口を開く。そして、夏奈と幼馴染《おさななじみ》だったことに最近気が付いたことと、彼女から好意を告げられたことを話した。

夏奈が『ナツオ』と呼ばれていたことや、具体的にあった事柄などは流石に言えなかったが、それでもどういうことがあったかは、真桐先生も分かってくれたようだ。

「……それで、友木君は葉咲さんの告白に、なんと答えたのかしら？」

「断りました」

「……どうして断ったの？　葉咲さんは同性の私から見ても、素敵な女の子だと思うけど」

「『ニセモノ』だとしても、俺は冬華との関係が大切だと思ったんです。それに、恋愛感情を抱いているわけでもないのに付き合うのは、失礼だって思いましたし。……あと、その時は意識していなかったことなんですけど」

「何かしら？」

葉咲から気持ちを伝えられた時は、嬉しさと、そして彼女を傷つける申し訳なさからそれ以外のことは考えられなかったが。

　最近、ふとした拍子に抱く感情。

「俺は――怖いんです。……この怖さの理由がなんなのか、分からないことも含めて」

　夏奈を振った俺が、怖がることなんて何もないはずだ、と頭では理解できるのだが……。

　自分でも上手《うま》く言葉にすることができないが、俺は時折怖くなることがあるのだ。

　この感情の由来も正体も分からないことが、俺をなお不安にさせていた。

「私は、友木《ともき》君のことを一年生の時からよく見ていたし、あなたの家庭環境についても、ある程度知っているわ。だからその怖さの正体について、なんとなく分かる気がする」

　真桐《まきり》先生はそう言ってから微笑み、続けて言った。

「……今はまだ、その気持ちの正体が分からなくても、大丈夫よ。自分の中で受け止められる日が、きっと来るから。だから、あまり臆病になりすぎないことね」

「……そんなもんなんですかね？」

　真桐先生のアドバイスは、いまいちよく分からなかった。俺は腑《ふ》に落ちないままそう言うと、今度はどこか揶揄《からか》うように言った。

「もう少し軽めに答えると、大人びて見えるけど、友木君も多感な時期なのね、ってところかしら」

　彼女はそう言って、これまで見たこともないような、子供っぽい笑みを浮かべた。

……彼女の笑顔と発言に、なんだか急に大した悩みじゃないように思えてきた。

「そうですね、今のところ、あまり気にしないようにしておきます」

「そうすることね。……ただし、葉咲さんのことまで気にしないで良いとは思わないことね。決して、不誠実な対応をしてはダメよ？」

真桐先生は、いつもより厳しい口調で、俺にくぎを刺す。

「それは、もちろんです」

俺の答えに、満足そうに頷いてから、

「それじゃ、時間を取らせて悪かったわ。次の授業に遅れないように、そろそろ戻りなさい」

と真桐先生は言った。

俺は頷いてから、席を立つ。すると、間の悪いことに、真桐先生も同じように席を立つところだった。

図らずも、彼女と至近距離で目が合ってしまった。

不意のことだったので、ドキリとしてしまい——それから、あることに気づいた。

「真桐先生、なんだか今日化粧が濃い目ですね」

「……何か言ったかしら？」

俺の言葉を聞いて、あからさまに不機嫌そうな声を出す真桐先生。

今のは俺の聞き方が悪かった……！　そう反省をしてから、俺は言いなおす。

「いえ、言葉の綾《あや》です。濃い目の化粧で目の下のクマを隠してますよね？　なんだか、疲れているように見えますけど、大丈夫ですか？」

俺の言葉に、「ああ、そう言いたかったのね」と真桐先生は苦笑してから「大丈夫よ」と言う。

「……大丈夫じゃない人は、大体自分に言い聞かせるように『大丈夫』って言うらしいですよ」

俺の言葉に、真桐先生は少し呆《あき》れたように返答する。

「本当に大丈夫よ。昨日、父親と電話で少し言い争いをして。その疲れが出ちゃったみたいね」

そう言ってから、

「どこの家庭も、大なり小なり問題は抱えているものよね」

力なく笑いながら、真桐先生は言う。

それは、先ほどの『大丈夫』とは異なり、自分に言い聞かせている言葉ではないことが、すぐ分かった。

俺の家族関係が上手くいっていないことを、真桐先生は知っているのだから。

「……そんなもんですね」

俺はそう言ってから、真桐先生に背を向けて生徒指導室から出ようとする。

扉に手をかけたところ、「そうそう」と、声がかけられた。

俺は振り返り真桐先生を見た。

「家庭のことでも、友達のことでも。なんでも、話をしてくれると嬉《うれ》しいわ」

彼女の声は、どこまでも優しかった。

「……うす」

話をしてもどうしようもないことはあるだろう。そう思って、つい無愛想な返事をしてしまうも。

俺は、真桐先生のかけてくれた言葉に温かみを感じずにはいられなかった。

5．生徒会室へ

真桐先生と話を終えてから、屋上で待っててくれていた冬華《とうか》と一緒に昼食を済ませ、眠たくなりそうな午後の授業も終えた休み時間のこと。

「さっき廊下で見てたんだけどさ、真桐先生に呼び出されてなかったか？」

俺の席にやって来た朝倉《あさくら》に、声をかけられた。

「ああ」

「何かあったのか？」

心配そうに問いかける朝倉。

真桐先生は厳しいというイメージがあるため、俺が呼び出されてなんらかの指導を受けたのではないかと心配してくれたのかもしれない。

「大したことじゃなかったぞ」

と、俺が答えると、朝倉はその言葉をあっさりと信じたようで、

「ふーん、そうか」

と一言呟《つぶや》いた。

それから、今度は真桐先生の話になる。

「真桐先生って、美人だけど怖くて近寄りがたいよな」

「確かにそういうイメージはあるが、良い先生だと思うぞ、俺は」

「イメージっていうか、実際声は冷たいし、表情も真顔で何考えているか分からないし、おっかないって」

「……そこまでか？」

と言いつつ、確かにさっき、他のクラスの連中に注意をしていたのを思い出すと、怖がられるのも仕方ないかもと思った。

「ああ。俺がこの間話した時も、かなりきついこと言われたしな……」

朝倉は瞼《まぶた》を伏せ、悲しみに沈んだ表情を浮かべた。……きっと、止《とど》めを刺された時のことを言っているのだろう。

俺が何も答えられないでいると、朝倉は首を傾《かし》げつつ、俺に問いかけてきた。

「しかし、友木は真桐先生のことを庇《かば》うな……キツイ目で見られるのが、好きだったりするのか？」

「そんなことはない」

俺が言うと、朝倉は鼻の頭を指先で擦《こす》りつつ、照れ臭そうに破顔する。

「俺は……まぁ嫌いじゃないけどな」

「そ、そうか……」

朝倉のカミングアウトにツッコむこともできず、俺は一言返した。

……もしかしたら俺のことを心配してくれたのではなく、単に羨ましかっただけなのかもしれない。

「ああいうクールな美女がふとした拍子に可愛《かわい》らしい素顔を見せてくれる、みたいなギャップがあったらさ……最高じゃね？」

朝倉は確信を抱いたように言い、俺に同意を求めてきた。

「そうだな、最高だな」

確かに可愛らしいかもしれないが、最高とまで言えるだろうか……？　そう考えたものの、朝倉の主義主張を否定し、彼の心をいたずらに傷つける可能性が無きにしも非《あら》ずだったので、俺は適当に同意した。

「何が最高なのかなー？」

俺たちの会話が気になったのか、横合いから夏奈《かな》が声をかけてきた。

「ああ、真桐先生の話をしててさ。さっき、友木が呼び出されてて」

心配そうな表情を浮かべて、夏奈は俺に問いかけてくる。

「そうだったの？　真桐先生って厳しいと思うけど、大丈夫だった？」

「ああ、問題ない」

俺が答えると、夏奈は柔らかく笑い、それから言う。

「良かった。それで、さっきの話なんだけど。……真桐《まきり》先生の何が最高なのかな？」

……柔らかく笑う夏奈の瞳は、決して笑ってはいなかった。

俺は朝倉を見る。彼は爽やかな笑みを浮かべてから、

「ああいうクールな美女に可愛らしいところがあったら、最高だよなって話を俺と友木《ともき》でしてたんだ」

と、夏奈に向かって告げた。

……さっきの爽やかな笑みから、話を逸《そ》らしてくれるのかと期待をしたのだが、そんなことはなかった。

「へぇー。……優児《ゆうじ》君、そういうのが好きなんだ。ふーん」

と、拗《す》ねたような表情を浮かべて、恨めしそうな視線を向けつつ夏奈が呟いた。

「いや、そういうわけじゃないが……」

「冬華ちゃんの恋人なのに、真桐先生のこと最高って言ったり……私のことアイドルみたいって言ったり。けっこう浮気性だよね、優児君は。……今から、お付き合いした後のことが心配だな」

物憂げな表情で呟く夏奈。

どこからツッコめば良いか分からず、無言で考え込む俺の肩に、爽やかな笑みを浮かべる朝倉が手を置いた。

「友木……正直言って俺、お前が葉咲《はさき》に責められるのを期待してたんだけど……なんかこれ違う気がするんだが？」

深い悲しさを湛《たた》えたその表情を見て、俺は困惑する。

「……違わないことない、はずだ」

あまりに悲痛な表情を浮かべる朝倉を見て、申し訳ないが、俺も断言することができなかった……。

☆

そして、放課後。

いつも通り帰ろうと席を立ったところ、池《いけ》から声がかけられた。

「すまない優児、今から少し話をしたいんだが、生徒会室に来てもらっても良いか？」

また生徒会の手伝いだろうか？

特に用事もないし、冬華にも連絡を入れておけば問題ないだろう。池の言葉に、俺は頷《うなず》いてから答える。

「問題ない」

「助かる。それじゃ、ついてきてくれ」

池は笑みを浮かべて応えた。

それから俺たちは一緒に教室を出た。

廊下を歩きながら、俺は冬華に生徒会室に向かうとメッセージを送ると、すぐに返信が届いた。

『そしたら私も、生徒会室行きまーす』

「冬華も生徒会室に向かうみたいだ」

俺が隣を歩く池に言うと、彼はクスリと笑った。

どうしたのだろうかと思い、視線を向けていると。

「ああ、仲が良いなと思っただけだ。良いことじゃないか」

別にからかっているわけではなく、どちらかというと、池自身安心したような雰囲気だった。

俺はなぜだか気恥ずかしくなり、

「そうだな」

と、ぶっきらぼうに短く答えることしかできなかった。

俺の答えに、池もどこか嬉しそうに笑う。

……そうしている内に、生徒会室に辿《たど》り着いた。

扉を開き部屋の中に入ると、そこにはすでに生徒会役員である書記の田中《たなか》先輩と、会計の鈴木《すずき》がいた。

「やぁ、こんにちは、二人とも」

「よっすー」

二人は俺たちに気が付いてから、そう挨拶をしてきた。

この二人は、俺に対して偏見を持たずに接してくれる数少ない人物である。

「うっす」

俺は短くそう返答した。

「どうも、二人とも早かったですね。竜宮《たつみや》は少し遅れると聞いているけど……竹取《たけとり》先輩は？」

池の言葉に田中先輩が苦笑を浮かべてから答える。

「竹取さんは乗り気じゃないし、来ないと思うよ」

「そうですか。やっぱり来てくれないんですね」

田中先輩の言葉に、池は残念そうに答えていた。

生徒会役員であれば、集会などで一度は見たことあるはずなんだが、同級生の竜宮の顔すら覚えていなかった俺は、その竹取先輩とやらの顔を思い出すことが全くできなかった。

「まぁ、仕方ないか。それじゃ、冬華が来たら今日呼び出した説明を……」

と、そこまで言ったところで、生徒会室の扉がノックされ、池が口を閉じた。

「どうぞー」

と、鈴木が扉に向かって言うと、扉が開かれた。

「どもでーす！　私の愛《いと》しの優児先輩は、ここにいますかー？」

「ああ、いるぞ」

おかしそうに、柔和な笑みを浮かべた池が、冬華に言った。

冬華はすぐに俺の元に向かってきて、隣に立った。

「また兄さんに捕まっちゃったんですね、先輩。愛する彼女との二人きりの時間を奪われてしまうなんて……可哀《かわい》そうっ！　慰めてあげるので、私の胸に飛び込んできてください♡」

甘えた声で両手を広げる冬華に、何を言っているんだこいつはという視線を送り付ける。

「やーん、先輩。そんなにじっと見つめられると照れちゃうじゃないですかぁ？」

「……それで、結局用件ってなんだったんだ？」

と、俺のテンションを気にしない冬華の言葉を適当にスルーすると、彼女はやや不満そうな表情になったが、それでもすぐに気を取り直して、俺と共に池へと視線を向けた。

「少し、話があってな。まずは、これを見てくれるか？」

そう言って、池がホチキス留めされた資料を渡してくる。

「これは去年の分なんだが……毎年8月の頭に、生徒会役員で一泊二日の合宿を行うんだ。

学校生活の問題点を存分に話し合い、今後の学校生活をより良くすること。そして、合宿を通じて役員同士の連携を高めること……というのがお題目で、その実態は親睦会みたいなもんなんだが」

「へー、そんなもんがあるのか」

俺が言うと、池は「ああ」と頷いてから、

「その合宿に、優児にも来て欲しくてな。参加費は一部負担をしてもらうがそこまでの大金ではないから、良かったらどうかなと思ってな」

資料を見ると、去年の一人当たりの負担額が記載されていて、確かにそこまでの金額ではない……。

しかし、それよりも問題があるだろう。

「俺は生徒会役員じゃないが、参加しても良いのか？」

俺が問いかけると、池は頷いた。

「ああ、先生の許可も取ってあるからな。優児さえよければ、何も問題はない。……冬華《とうか》もだ」

「えっ、私も？……なんで？」

唐突に話を振られた冬華が、不思議そうに反応をした。

「優児は去年から、冬華もあの勉強会から、ちょくちょく生徒会の手伝いをしてくれているだろ？　学校生活を良くするための話をするのだから、生徒会外からも意見を聞くために数名程度の参加者が増えるのは歓迎だ。特に、生徒会に協力的な人間なら、尚更《なおさら》だ。実際に過去、前例もあったようだしな。そういうわけで、二人の参加に、問題はないというわけだ」

なるほど、前例があるのならあっさり話は通るか。

「さて、一応返事は数日くらい待てるんだが……来てもらえそうか？」

池が俺に向かって問いかける。

「行きましょう、先輩！」

と、俺の服を摑《つか》みながら、冬華が言った。

「えらい乗り気だな」

「楽しそうじゃないですか。先輩は、嫌なんですか？」

「……そうだな。確かに、楽しそうかもな。参加させてくれ」

俺が池に向かって言うと、

「そうか！　そう言ってもらえるとありがたい。それじゃ、詳細は後日伝える。もう少しだけ待っていてくれ」

ホッとしたように、池はそう言った。

「よろしく。友木君、池さん」

「楽しみにしてるね」

田中先輩と鈴木も、歓迎してくれたようだった。

「ああ、そうだ。忘れるところだった。念のため、合宿参加の保護者同意書だ。一応、これに保護者の署名と押印が必要になるんだが、大丈夫か？」

池がそう言って、俺にクリアファイルに挟まっている同意書を手渡してきた。

「……ああ、問題ない」

俺は親父《おやじ》の顔を思い浮かべ、一瞬言い淀《よど》んでしまう。

池は少しの間、俺の表情を見ていたが、

「それなら、頼んだ。俺か、当日の引率をしてくれる予定の真桐《まきり》先生に直接提出してくれれば良い」

そう言って俺の肩をポン、と叩《たた》いた。

「先輩……？」

俺の様子がおかしいと感じたのだろうか。

冬華は首を傾《かし》げながら、そう呟《つぶや》いた。彼女の呟きに苦笑で応じる。

それから、俺と冬華は、生徒会役員たちに軽い挨拶をして、部屋を後にすることにした。

その後、無言のまま俺たちは歩き、校門をくぐる。

しばらく歩いていたところ、

「……先輩、親と仲良くないんですか？」

と、冬華がストレートに尋ねてきた。

俺は聞こえないふりをしてそのまま歩いたが、無言のまま横顔をじっと見つめてくる冬華の圧力に負け、答える。

「ああ。両親は離婚していて、家には親父しかいないが。その親父とも数か月話していない」

「え、と。そうだったんですね。無神経に聞いちゃって、すみません」

俺の言葉を聞いて、しゅんと沈んだ様子の冬華。なんだか、当てつけみたいになってしまったと思い、俺は慌てて言葉を続ける。

「今時離婚なんて珍しくないし、親と仲が悪いっていうのも、まぁ普通だ。隠すようなことでもなかったな」

「……先輩がお父さんと仲良くないのって、何か原因があるんですか？」

俺のフォローの言葉を聞いて、恐る恐るといった様子だが、冬華が問いかけてきた。隠すようなことでもない、と言った手前、俺は答えることに。

「俺の親父は、正義感が強い警察官だったんだ。俺が喧嘩《けんか》をすると、拳骨《げんこつ》をしてよく言っていた。喧嘩なんてくだらないことしてないで、自分の正義のために拳を振るえって。

……とはいっても、誰も俺を助けてくれる奴《やつ》なんていなかったし、拳を振るう以外に自分の身を守ることができなかったんで、いつまでも喧嘩ばっかしてたけどな」

俺の言葉を、冬華は無言で聞いている。

「俺がこの学校で浮くようになった、決定的な事件。まだちゃんと話したことがなかったよな？」

「はい、ちゃんと聞いたことはないです」

「欠伸《あくび》が出るほど退屈な話なんだけどな……」

俺はそう前置きをして、一年前のことを、冬華に話し始めた。

★

学校から帰宅するだけでも、こう連日雨が続くと、気が滅入《めい》る。

梅雨の季節だからそれも仕方ないことだろうが、どうしても陰鬱な気分になってしまう。

眉間にしわを寄せて歩いていると、同じ制服を着た男女が俺に気づいて離れる。それから小声でひそひそと噂話《うわさばなし》を始める。

……俺がイライラしているのは、何も梅雨のせいだけではなかった。

高校に進学して、もうすぐ三か月が経過する。

これまでと変わらず、教師生徒問わず、多くの人からあからさまに避けられる日々。

正直言って、悪ぶっているつもりはないが、品行方正に努めているわけでもなく、コミュニケーションを積極的に取るでもないため、そう思われても仕方ない気もする。

……ただ、同じクラスの池春馬《いけはるま》。あいつだけは例外だった。

爽やかな外見に、物おじせずに俺にも話しかけてくる度胸。

正直言って、ああいう「みんな仲良くしよう！」と真剣に言ってしまうような奴は、胡《う》散臭《さんくさ》くて仕方がない。

きっと、なんらかのたくらみがあるのだろう。絆《ほだ》されて馬鹿を見ないように、気を付けなくては。

高校に入って特筆すべきことなんて、それくらい……。

いや、もう一つあった。

仕事一辺倒で家庭のことには不干渉を決め込む親父とお袋の、離婚が決まった。

時間の問題だったと思う。

親父の顔色を窺《うかが》い怯《おび》えるお袋、家庭を顧みず仕事しかしない親父。

これまで離婚しなかったのが不思議なくらいだが、俺の高校受験が終わるまで待つ、というのが理由だったと聞かされ、納得した。

少し前にお袋が実家に帰ったということを本人からメールで知らされても。

二人が離婚することを親父から置手紙で知らされても。

驚きはなかった。ただ、苛立《いらだ》たしさだけが募った。
――そんな時に、俺はバカな連中を見つけてしまった。
近くの私立高校の制服を着た男子生徒を、数人の不良グループが囲んでいる。
「金持ってこいって言ったよな」
「もうないですよ、勘弁してください」
ありきたりなやり取り。会話から察するに、彼は定期的に絡まれているようだった。
周囲には、気づいた様子の人間もいた。
だが、不良に威嚇されて見て見ぬふり。助けを呼ぼうとする人もいない。
苛立ちがなお募る。
力に屈して殴り返す力もない少年に対して。
寄って集《たか》って弱いものに集る不良どもに対して。
見て見ぬふりする名も知らぬ人々に対して。
何より――そいつらに行き場のない怒りをぶつけようとする、俺に対して。

★

「バカ野郎、何やってんだお前！」

絡まれていた少年を逃がした後、不良グループと喧嘩になった。

相手は仲間を呼び、最終的には十人以上集まったが、俺はそいつらを一人残らず叩きのめした。

喧嘩で暴れても、気分は一切晴れない。それどころか、俺の顔を知っている生徒がその場にいたようで、後日問題となってしまった。

学校に親父ともども呼び出され、ことの経緯と今後の処分が下るまで、一時的に謹慎することとなった。教師曰《いわ》く、退学処分もあり得る、ということだったが、それはもうどうでも良かった。

学校で話を聞き終え、家に帰った後、親父は俺をぶん殴った。

「下らないことをしやがって……。お前にはいつも言って聞かせているだろう。自分のために喧嘩なんてするんじゃないと！」

いつもそうだった。親父は俺が喧嘩をすれば、決まって俺をぶん殴る。

絡まれて自分を守るためにした喧嘩も、今回のように、一応は誰かを助けるためにした喧嘩も、関係なくだ。

「正義のない暴力は、他者を傷つけ自分を堕落させる。何かを守るため以外に、拳を振るうのはやめろと……言っても分からないからこうなったんだな。今日はお前のその腐った性根を叩きのめす。覚悟をしろ」

親父は俺の胸ぐらを摑み、もう一度固く握りしめた拳で俺の頬を殴る。

……いつもなら、俺はただ黙って殴られていた。『喧嘩は良くない』という親父の言葉は、正論には違いないからだ。

だが……、その日の俺は、これまでにない程イラついていた。

「親父が俺をぶん殴るのは、正しいことなのか」

親父の腕を摑み、俺は問いかける。

「口で言っても分からないなら、殴って言う事聞かせるしかないだろうが」

「……そんな風に、自分の言いたいことだけ言って、相手の言葉には耳を貸さないから、おふくろに逃げられるんだよ」

「……今、なんと言った？」

静かに、親父は問いかける。これまでにない怒りを向けられているのが分かった。

「俺の話も、お袋の話も聞かずに、時代遅れの亭主関白を気取ってるから、お袋にも逃げられるんだよ、って言ったんだ」

「……分かった、もうしゃべるな」

親父はそう言って俺を突き放し、力強く踏み込んで俺に向けて殴り掛かった。

怒りで冷静さを欠いているのか、大振りのパンチ。躱《かわ》すことは容易だった。

バランスを崩した親父の腕を押さえて、俺は言う。

「……カツアゲされている高校生を助けるための喧嘩に正義はないのか？　因縁をつけられて自分を守るためにする喧嘩は『何かを守るため』の暴力じゃないのか？」

俺にも落ち度があることくらい、分かっている。それでも、問わずにはいられなかった。

「俺は見て見ぬふりをすれば良かったのか？　俺は抵抗せずに殴られたら良かったのか？」

俺の問いかけに、親父は何も答えない。

それが、無性に腹立たしかった。

「黙ってないで、なんとか言えよ！」

俺は拳を固めて、親父をぶん殴った。正義も、守るものも何もない、ただの暴力。

殴り飛ばされた親父を、俺は見下ろす。

親父は現役の警察官で、身体《からだ》も鍛えている。この間の喧嘩相手よりも、よっぽど喧嘩のしがいのある相手だ。思いっきり暴れれば、少しは気分もスカッとするかもしれない。

そう思い親父を見下ろすが、立ち上がる気配がない。

「いつまで寝てんだよ、親父の正義のために、俺をぶん殴ってみろよ」

そう言って、俺は倒れる親父の胸ぐらを掴み、立ちあがらせようとしたところで――気づいた。

俺に向ける親父の眼差《まなざ》しが、『怒り』から『恐怖』に変わっていたことに。

俺の目前にいるのは、これまで正義を説き続けた父ではなく——自分の手に負えない暴力に怯える、弱々しい男だった。

握りしめた拳に、胸ぐらを摑んだ手に、力を込めることがもうできない。

その怯えた姿を見た瞬間、俺は、何もかもどうでも良くなり……。

その日から今日まで、俺と親父《おやじ》の間に会話はなくなったのだった。

★

その後、暴力事件を起こして退学の危機になっていた俺を助けてくれたのが、池と真桐《まきり》先生だった。

どこからか事情を知った池が、絡まれていた男子生徒を捜し出し、学校側に助けられたことを主張してくれた。

ろくに話したこともなかった俺のために、随分と苦労をしたようだった。

驚いたことに、池は不良生徒とも話をつけ、以降彼らは問題行動を起こすこともなくなった。

そして、真桐先生は最初から俺が絡まれた男子生徒を助け出すために喧嘩をしたという話を信じてくれていた。新任の先生であり、担当の生徒でもないのに、他の教師陣を必死に説得してくれたことを後に池を通して知った。

その二人の尽力のおかげで、情状酌量の余地ありと判断され、軽い処分で済んだのだった。

☆

話し終え、俺はゆっくりと冬華《とうか》を見た。

俯《うつむ》いた表情からは、僅かに戸惑いが見えた。……つまらない話をしてしまった、と俺が反省をしていると、冬華が俺の手を、優しく包み込んだ。

「話してくれて、ありがとうございました。……辛《つら》かったですよね、先輩？　私がその時、先輩の隣にいられたら良かったのに」

冬華はそう言って、俺を見た。

優しい眼差しを向けられ、それが嬉《うれ》しくて、そして無性に照れくさかった。

「そんなことがあったから、先輩はお父さんのことを許せないでいるんですね？」

冬華の言葉に、俺は「あー……」と低く呻《うめ》き、目を逸《そ》らした。

「……え？　なんですかその反応は？」

「別に今は、親父のことが許せないわけじゃない。正直言って、当時の俺は、親が離婚したり、高校入っても怖がられて避けられて、そういうことにストレスを抱えていた。……さっきも話した通り、絡まれた男子生徒を助ける、っていう免罪符を掲げて、ろくでもない不良相手に、思う存分暴れたかったっていう気持ちも、あった」

「そんなわけないですよ！　先輩は確かに強面《こわもて》でコミュ障で割と暴力で解決することを躊躇《ためら》わない女たらしなのかもしれないですけど、誰かを傷つけて気分を晴らすような人ではないです！　先輩が優しい人なのは、私が保証します……！」

「それはフォローのつもりなのか……？」

　客観的事実に則《のっと》った冬華のコメントに、俺はこれまでの自分の行いを反省しつつも、信頼を向けてくれることに、とても嬉しくなる。

「つまり先輩としては、今はお父さんに対して、申し訳ないと思っているってことなんですか？」

　俺の言葉を鮮やかに無視した冬華に、俺は頷《うなず》く。

「ああ。色々迷惑を掛けたしな。謝りたいとは思っているんだが、――どうにも気まずくてな」

「それなら、今回の保護者同意書を書いてもらうことをきっかけに、仲直りをしたら良いんじゃないですか？　喧嘩《けんか》三昧だった先輩が、友達と一緒に合宿に行くようになったって報告すれば、きっと喜んでくれますよ！」

冬華が笑みを浮かべて言う。

「……そうだと良いんだけどな」

俺が苦笑を浮かべて言うと、

「なんなら、可愛《かわい》くて性格が良くて尽くすタイプの未来のお嫁さんができたって、報告しても良いですからね♡」

冬華があざとく、可愛らしい笑みを浮かべながらそう言った。

「……そんな相手ができた覚えはないんだが？」

俺が言うと、冬華はやれやれ、と首を振ってから、

「先輩のシャイさには、困ったものですよ」

と、どこか勝ち誇ったように言った。

「……お、もう駅に着いたな」

「おやおや、ここで話を逸らしますか、シャイボーイ先輩？」

「そんなに俺はポケモンマスターを目指してそうか？」

「砂利ボーイじゃないですよ、シャイボーイ先輩？」

ムフフ、と笑みを浮かべる冬華は、背伸びをして俺の耳元に口を近づけ、囁《ささや》いた。

「何はともあれ、先輩との初めてのお泊り、私は楽しみにしてますからね？」

耳元がこそばゆく、身をよじってから俺は冬華を見る。

彼女は悪戯《いたずら》っぽい表情で、上目遣いに俺を見ていた。

「……ノーコメントだ」

俺のつまらない返答に、冬華はなおも悪戯っぽく笑うのだった。

☆

それから、俺は自宅に帰りついた。

玄関には、親父の靴があった。どうやら俺よりも早く、家に帰ってきていたらしい。

リビングを見るが、そこにはいなかった。恐らくは自室にいるのだろう。

俺は親父の部屋の前に立ち、カバンから保護者同意書を取り出した。

そして、部屋の扉をノックする。しかし――返事はない。

俺はゆっくりと扉を開ける。親父はイヤホンを耳に挿しながら、読書をしているようだった。

ノックの音は、聞こえなかったようだ。

その背は、昔見た時より、一回りちいさくなっているような、そんな気がした。

俺は声をかけることができないまま、扉を閉めた。

ちょっとしたきっかけで話しかけられるようなら、とっくの昔にこの関係は終わっているはずだ。

冬華に背中を押してもらったというのに、情けないな、俺は。

そう思いつつ、俺は自分の部屋へと入るのだった——。

6．……告白？

それは、金曜日の夜のことだった。

俺は、日課のランニングのために、近所の公園を走っていた。

7月半ば、気温は辟易《へきえき》するほど高いが、閑静で人気のない公園を一人走っていると、清々《すがすが》しい気持ちになる。

そんな風に気持ちよく走っていたのだが……。

ふと、人影が目に入る。

こんな時間に珍しい、そう思い注視すると、その人影が頼りなくふらついていることに気が付いた。

足を止めないまま近づくと、後ろ姿と服装から、若い女性だと判断する。

……酔っ払いだろうな。

今日は、所謂《いわゆる》『花の金曜日』。

明日は土曜日で休みだからと、羽目を外して飲みすぎたのだろう。

それにしても、こんな夜中に酔っ払いの若い女性一人で大丈夫だろうか？

声をかけた方が良いのかも……と思うものの、こんな顔の怖い男がいきなり声をかけたら、きっと驚かれるだろう。

心配ではあるが、しばらくは様子を見て、明らかに危なそうならその時に声をかけるか。

そう思いつつ、走っていると……。

前方をふらつきながら歩いていたその女性が、盛大に転んで倒れた。

……大丈夫か、あれ？　派手に転んでいたし、怪我《けが》をしていなければ良いんだが。

そう思い、俺は走るのをやめて、倒れ伏すその女性の近くに歩み寄る。

しばらくの間、近くで様子を見ていたのだが……彼女はピクリとも動かない。

……もしかして打ちどころが悪かったか？

そう思った俺は、その場に膝をついて声をかけた。

「大丈夫ですか？」

反応がない。

いよいよ心配になって、俺はその人を仰向《あおむ》けにさせた。

浅く繰り返される呼吸を見て、とりあえずは生きているなとホッと一息ついてから、その女性の顔を覗《のぞ》き込んだ。

そして、俺は衝撃を受けた。……この人、見たことあるんだが。

「真桐先生……!?」

俺は、彼女の名前を思わず呟《つぶや》いていた。

いつも凛《りん》として気高く美しい彼女の面影と、こうして酔いつぶれている目の前の女性が同一人物だと、目の当たりにしているにもかかわらず、俺はいまいち信じられないでいる。

「ん、んっ……」

と、酔いつぶれた真桐《まきり》先生の、どこか色っぽい呻き声が動揺する俺の耳に届く。

どうやら、俺の声に真桐先生は気がついたみたいだ。

ぱちりと瞼《まぶた》を開き、そしてトロンとした眼差《まなざ》しを俺に向けつつ、真桐先生は問いかける。

「……ありゃ、友木《ともき》くん？　どうしぇこんなとこりょにいりゅのかしゅら？」

呂律《ろれつ》が回らないままの真桐先生。何を言ってるのか分からない……。

酒精混じりの吐息に、結構飲んでいたんだな、と察する。

そして、こうして彼女が俺の名を読んだことで、頭の片隅にあった他人の空似説も消えた。

「日課のランニングですよ。真桐先生こそ……その、どうしたんですか？」

ストレートに聞けず、少々曖昧な問いかけを苦笑を浮かべつつした。

「……何よぅ。友木君までしょんなことゆうの？」

「は？」

拗《す》ねたような、どこか悲しそうな表情を、真桐先生は浮かべていた。

「すんません、なんのことですか？」

真桐先生の呟きに俺が問いかけると、プルプルと肩を震わせながら、固い声音で真桐先生が呟く。

☆

「……の、何が……？」

真桐先生の微《かす》かな呟き声が、途切れ途切れに耳に届く。

「すんません、今何か言いました？」

俺の問いかけに、真桐先生は上気し、頬を紅《あか》く染めた。

そして、潤んだ瞳で俺を見つめる。

蕩《とろ》けた表情の真桐先生は、鮮やかな朱色を差した唇を、大きく開いて――

「だからっ！　処女《ヴァージン》の、何が悪いって言うのよぉっ！？！？」

「――別に、悪くはないかと……」

☆

想像を絶する真桐先生のカミングアウトに対し、俺は呆《ほう》けたように一言呟いた。

「……帰るわ」

と、俺の反応を見た真桐先生は、不機嫌そうに呟いた。

俺自身、非常に混乱していたが、確かに迅速にご帰宅していただかなければ。

「家、近くですか？　送ります」

真桐先生の状態を不安に思った俺は、そう問いかけた。

「ん……」と首肯してから、真桐先生は答えた。

彼女は立ち上がり、そして……。

「痛っ」

バランスを崩して倒れそうになる。

俺はとっさに彼女を抱きとめた。

それから、細く引き締まっているのに、女性らしい柔らかさを兼ね備えた身体《からだ》に、俺は顔が熱くなるのを感じた。

そして、アルコールの匂いに混じる、真桐先生の甘い香り。

俺は気恥ずかしさを無理矢理振り払ってから、真桐先生に声をかける。

「大丈夫ですか？」

「……足、痛いわ」

首を横に振ってから、弱々しく答えた真桐先生。

さっきこけた時に、捻《ひね》ってしまったのだろう。

「肩、貸します。頑張ってください」

俺がそう言うと、真桐先生は情けない声で言う。

「痛いから、歩きたくない……。おんぶが良いわ」

子供のように甘えた声で俺に向かって言う真桐先生。

ただ一言「歩いてくれ」と言いたいところだったが、今の真桐先生は酔っ払いで、怪我《けが》人《にん》。

まともに歩けるわけはないか。

「住所はどこですか？」

俺が問いかけると、真桐先生はぼそぼそと住所を言った。

……近いな、ウチから歩いていける距離だ。

「そこまで送り届けるんで、ちゃんとつかまっててくださいよ」

そう一言告げてから、俺は真桐先生を抱きかかえる。

……軽いな。

「……!?　おんぶじゃないわ!?」

俺の腕の中で慌て、顔を真っ赤にする真桐先生。

酔っぱらっているだけじゃなく、怒ってもいるのかもしれない。

真桐先生は泥酔をしていて、いつ戻してもおかしくないように思う。

……おんぶをしている最中に、背後から吐かれたくはない。そう思った俺は、彼女の様子が分かりやすいこの運び方を選んだ。

俺は彼女の言葉を無視して歩き始める。

最初のうちは怪しい呂律のまま抗議の言葉を放っていたが、その言葉を無視し続けていると、数分としない内に真桐先生は静かになっていた。

見ると、彼女は俺の胸に額を当てながら、どこか寝苦しそうにしつつも、眠りについていた。

人の気遣いも知らずに、何を寝てるんだこの酔っ払い……。

教師だとか生徒だとか、関係ない。

絶対、真桐先生に説教をしてやろう、と心に固く誓う俺。

そして――

警察に職務質問とかされないだろうな？

と、内心ヒヤヒヤしながら、彼女の自宅に向かうのだった。

真桐先生から聞いた住所の場所には、マンションがあった。

眠っている先生に声をかけて、オートロックを開けてもらいつつ、カードキーを拝借して、部屋番号を聞き出す。

☆

それからエレベーターに乗る。他に人がいなくて、俺は少しほっとした。

伝えられた部屋番号の扉を、カードキーを使って開け、中に入る。

部屋の電気を点《つ》けると、綺麗《きれい》に片づけられた部屋が目に入った。

1Kの間取り、奥の部屋に入るとベッドがすぐに目に入った。……枕元には、可愛《かわい》らしいキャラクターのぬいぐるみが1体置かれていた。

意外と可愛らしいのが好きなんだな……。

そんなことを考えつつ、俺は腕の中で寝息を立てる先生を、無事ベッドに寝かせた。

……一仕事終え、ほっと息を吐いたのも束《つか》の間《ま》。

俺は真桐先生に腕を摑《つか》まれ、ベッドに引きずり込まれる。

ランニングの疲労があったことと、油断していたために、不覚にもその場で堪《こら》えることができなかった。

俺のすぐ隣には、真桐先生がいる。一体、なんのつもりなんだ？

「何するんですか？」

俺が抗議の声を上げると……。

「ん、っん……。ジョニー……」

艶《なまめ》かしい寝息を立てる真桐先生が、人名（？）を呟いた。ジョニーって誰？　と思っていると、彼女は再度口を開いた。

「なんか、いつもよりごつごつしてる……」

その寝言に、もしかして、と思う。

俺は彼女の手から離れ、代わりに枕もとのぬいぐるみを彼女に与えた。すると……。

「ジョニー……」

嬉《うれ》しそうな、穏やかな声を上げ、彼女はぬいぐるみを抱きしめながら、眠りについた。

……普段のきりっとした真桐先生からは想像がつかないが、意外と子供っぽいところがあるらしかった。

俺は彼女が眠ったことに安心してから、真桐先生を見た。今日は意外な面をたくさん見せられたが……やっぱ綺麗な人だな、と思う。

そんな人と同じベッドの上にいるのだと改めて気が付き……途端に顔が熱くなった。

これ以上隣にいたらダメだ。そう思い、俺は立ち上がる。

足元にあった夏用布団をかけてから、部屋の明かりを消す。

そして、カードキーをもう一度手にする。

部屋を出てから、外から鍵を掛けてドアポストに入れとけばいいだろう。

俺はそう思い、外に出ようとしたのが……。

真桐《まきり》先生、大丈夫だろうか？

俺は急に、そして無性に心配になった。

救急車を呼ぶほどの緊急性も危険性もなさそうだが、だからと言ってこのまま部屋に一人、放置して良いのだろうか？

寝ている最中に吐瀉物《としゃぶつ》がのどに詰まり窒息死……なんてこともあり得なくはない。

そこまで考えて……俺ははらをくくった。

こうなったらとことん付き合ってやる。そう思い、俺は真桐先生の眠る部屋に戻る。

☆

暗い部屋で、数時間が経《た》った。

すでに、カーテンの隙間から、僅かながらだが朝日が差し込んでいる。

俺はうつらうつらしながら、真桐先生に異変があったらすぐに対応できるようにしていたのだが……。

「う、ん……ん～」

という声が聞こえた後、真桐先生はゆっくりと起き上がった。

どうやら、無事なようだ。

「うぅ……、飲みすぎたわ……。頭痛い……」

辛《つら》そうな表情で真桐先生はベッドの上で呟《つぶや》いてから立ち上がろうとした。

「……え？」

そして、部屋の片隅にいる俺を見て、驚愕《きょうがく》の表情を浮かべながら呟いた。

「どうも。おはようございます、真桐先生」

そんな真桐先生に、俺は爽やかな朝の挨拶をした。

俺の挨拶を聞いた、真桐先生は顔を引き攣《つ》らせて、そしてどこか怯《おび》えた表情を浮かべた。

……眠気でよく考えられなかったが、もしも真桐先生が酔っぱらっていた時の記憶を覚えていなかったら。

目覚めた時に、急に強面《こわもて》の男子生徒が部屋の中に侵入しているのだ。

か弱い女性であれば、ただただ恐怖を覚えることだろう。

……いや、男女関係なく、普通に恐怖だ。

つまり、ヤバい。俺はもしかして、このまま警察のお世話になるのでは？　疲労と驚きと眠気で、俺は正常な判断力を失っていたようだ……！

「と、友木君《ともき》？……!!　ええと……夢、かしら？」

「……夢だったら良かったんですけどね」

俺が諦観を孕《はら》んだ苦笑を浮かべると、真桐先生は引き攣った笑みを浮かべた。

どうなるか、俺はしばらく彼女を見守ることしかできない。

わけが分からない、と最初は動揺していたが、俺の顔と自分の服装を見比べてから、ハッとした表情を浮かべた。そして、一瞬で顔を真っ赤に染めて、それから夏用布団で自分の顔を覆い隠す。

……もしかして、思い出してくれたのだろうか？

そんな風に期待していると、バッと夏用布団をどかしてから、真桐先生はゆっくりと立ち上がった。

そして、目じり一杯に涙をため、そして羞恥を堪えるような表情を浮かべつつ、

「迷惑をおかけしました。ごめんなさい……！」

彼女は、丁寧な口調で頭を下げて謝る。

真桐先生は、ちゃんと覚えていたようだ。彼女にとっては死ぬほど後悔していることを忘れられずに辛いかもしれないが、俺にとっては、冤罪《えんざい》の可能性がなくなり良かった。これなら捕まらなくて済みそうだ。

「そうですね。だいぶ迷惑でした」

俺が真桐先生の謝罪に対して冷たい声音で答えると、

「……こんなに迷惑をかけて、本当にごめんなさい。それに、心配をされた親御さんにも、私から謝罪をさせてください」

と言った。

「俺のこと心配するような親でもないんで、それは大丈夫です」

俺の言葉を聞いて、ハッとする真桐先生。

申し訳なさそうな表情を浮かべるものの、何を話せばいいのか分からなくなったのだろう。

俺は一つため息を吐《つ》いてから、気になっていたことを尋ねる。

「教師って仕事、大変そうですし、酒を飲んでストレス解消っていうのは分かるんですけど。……真桐先生は、毎回ああなるまで飲んでるんですか？」

「いいえ、こんなに酔ったのはこれが初めてよ……」

真っ赤な表情のまま、視線を逸《そ》らしながら彼女は答えた。

「……それって、もしかして。親父《おやじ》さんとの言い争いが関係してるんですか？」

先生の面倒を見るのは割と大変だったので、ガツンと説教をするつもりではあるのだが、事情を知らずに頭ごなしにマウントを取りたくはない。

俺の問いかけに、先生は口元を真一文字に結んで、肩を震わせた。

答えたくないことなのだろうか？　そう思っていると、彼女は涙を目じり一杯にためてから、

「わ、私が……処女《ヴァージン》だと、昨日言ったのは覚えているわよね!?」

と、非難めいた眼差《まなざ》しを俺に向けながら告げた。

素面《しらふ》の真桐先生に改めてそう言われると、あまりにも気恥ずかしいカミングアウトだ。

俺はそっと彼女から視線を逸らして答える。

「あ、はい」

「……私は、自分で言うのもなんだけど。結構な箱入り娘として育てられたの。中学校から大学は、私立の女子校に通っていて……男の人と接する機会なんて、ほとんどなかったわ」

「は、はぁ」

「……これまで交際経験が一切なく、男性への免疫もほとんどない私を心配したんでしょうね。父親が結婚の話ばかりしてくるの。生涯独身の人も多くなっているし、このままだと私もそうなって、孫の顔が見られないって、焦りでもしたんでしょう。……あとは、私が悪い男の人に引っかかってしまわないかも、心配だったのかもしれないわ」

不満気な表情を浮かべる真桐先生は、それから自嘲を浮かべてから言った。

「私は、そういうのが嫌で、言い争いをしてしまって。そのストレスから、お酒に逃げてしまったの……」

「そ、そうだったんですね。……それで、処女がどう関わってくるんですか？」

俺の割とセクハラな質問に対し、真桐先生は顔を真っ赤にしてから、

「……ごめんなさい、それは自分で勝手にコンプレックスを感じていることで、誰かに何かを言われたわけではないわ」

まさかの、ただの自爆だったらしい。

「……アルコールが抜けきってないんですね」

俺は生暖かな目で真桐先生を見守ることにした。

とにかく、真桐先生があそこまで酔っぱらった事情は分かった。

真桐先生も、教師とはいえ一人の人間。悩みもあれば、酒に溺れたい夜もある。

これまで世話になってばかりだから、できることなら彼女の力になりたい。

「事情は分かりました。とりあえず……正座をしてもらって良いすか？」

……そうは思いつつ、俺は上から目線のお説教をすることにした。

真桐先生は目を真ん丸に開いてから、しかし俺の表情を見て「はい……」と殊勝な態度で頷《うなず》いてから、綺麗な正座をした。

「俺は今、怒っています」

「……もっともだわ」

「それじゃ、俺の言葉をしっかりと聞いてもらいます」

コク、っと頷いた真桐先生。

俺は一度深く呼吸をしてから、視線を伏せる真桐先生を真《ま》っ直《す》ぐに見つめて、口を開いた。

「先生みたいな綺麗《きれい》な人が、あんな風に公園で酔いつぶれてたら、何されるか分かったもんじゃないです。下手したら、それこそ悪い男に何かされていたかもしれない！」

真桐先生は、俺の言葉に顔を真っ赤にした。

間違いなくセクハラ案件。尊敬する真桐先生に、軽蔑されてしまうかもしれない、とも思ったが……俺はそのまま言葉を続ける。

「いろんなストレスを抱えて、酒に逃げるのは仕方ないところもあります。でも、あんなになるまで飲むんなら、タクシーを使ったり、信頼できる人に送ってもらったりしてください」

真桐先生が顔を上げ、俺の表情を覗《のぞ》き込んできた。

「俺は真桐先生にたくさん助けられてきた。真桐先生のこと、めちゃくちゃ尊敬してる。だから俺は、真桐先生が悲しむことになったら、嫌です」

一呼吸してから、俺はさらに続ける。

「だから。悩みだったりストレスが溜まった時は……俺に、相談してください。愚痴くらい、いくらでも付き合うんで」

「はい。……え？　愚痴を聞いてくれるの？」

「ええ、そうですよ」

俺がそう答えると……驚いたことに、真桐先生は柔らかな笑みを浮かべていた。

「……何を笑っているんですか」

俺の真剣な説教を聞いて、普通に笑みを浮かべる真桐先生に、声を低くして問いかける。

「あら、ごめんなさい。でも、別にふざけているわけじゃないのよ？　これじゃ、どちらが先生で、どちらが生徒か……分からないなと思っただけよ？」

おかしそうに笑う真桐先生に、俺は毒気を抜かれた。

いつも凛《りん》として恰好《かっこう》よく、綺麗な真桐先生が……なんというか。

とても可愛《かわい》らしく見えた。

「ありがとう、友木君。心配してくれて。それに、こんなダメな先生を尊敬してくれて、嬉《うれ》しいわ。私は幸せ者ね」

そう言った真桐先生。

……やはり、気恥ずかしい。

言うべきことは言ったし、流石《さすが》に疲れた、眠い。

「……それじゃ、俺はもう帰るんで」

俺はそう言って、玄関に向かう。

すると、真桐先生も立ち上がり、俺に向かって言った。

「送っていくわ」

「ここから10分くらいなんで、普通に歩いて帰れるから大丈夫です」

「……そう、住んでいる場所、そんなに近かったのね」

驚く真桐先生に振り向かないまま、俺は玄関でランニングシューズを手に取る。

「……あ、そうだ。連絡先を聞いても良いかしら？」

靴を履き終えた俺に、真桐先生が言う。

「え？」

「どうしてそんな呆《ほう》けた顔をしているの？　連絡先が分からないと、相談することができないじゃない？」

悪戯《いたずら》っぽく真桐先生は笑った。

まさか、本当に俺を頼りにするつもりがあるなんて。

俺は、嬉しくなって、言われた通りに、自分の携帯番号を諳《そら》んずる。

真桐先生はスマホにそれを打ち込んでから、ニコリと柔らかく笑った。

それは、先生が学校で見せる年上の女の人の優しい笑顔とは違い、どちらかというと……。

同年代の女子のような、どこか可愛らしい笑顔のように見えた。

「それじゃ、私が愚痴を聞いてもらいたい時は、よろしくお願いね。……友木先生？」

真桐《まきり》先生は手に持ったスマホを傾けてから、俺に向かって言った。

「なんですか、先生って……でも、まぁ。俺で良ければ、いつでも」

気恥ずかしさを堪《こら》えながら俺は返答し、真桐先生の部屋から出て行ったのだった。

7．お誘い

真桐先生から重大な秘密をカミングアウトされてから、週が明け、数日が経《た》ち。

今日は、一学期の終業式だった。

誰もが明日からの夏休みに思いを馳《は》せ、浮かれているのだが、俺はそうも言っていられなかった。

真桐先生とは彼女の受け持つ授業がなかったこともあり、まだ学校で顔を合わせてはいないが、一体どんな顔をして会えば良いのだろうか？

……いや、変に身構える必要はない、いつも通りで良いはずだ。

だとしてもばったり会うのは避けたい、と思う程度には慎重になる俺は、終業式のため体育館へと向かっている道中も、周囲を警戒しながら向かっていた。

「うっわ、友木《ともき》がガン飛ばしまくりながら歩いてる……」

「夏休み期間中も俺の恐怖を忘れるな、とでも言いたげだ」

「……おい、あんまり見るなよ、絡まれるぞ」

と、廊下を歩く生徒たちに遠巻きにされて目立つため、警戒をするのは逆効果かもしれない……、と一人で悲しくなっていると、

「あ、友木先輩！」

後輩の甲斐《かい》に声をかけられた。

「おう」

俺が答えると、甲斐は嬉しそうな表情を浮かべた。

「友木先輩って、夏休みは予定ってあるんすか？」

「ん？　ああ、まぁボチボチだな。生徒会の合宿って知ってるか？」

「いえ。生徒会で合宿をするんですか？」

「そうみたいだ。……俺は一般生徒代表として、それに同行する予定だ」

俺の言葉に、甲斐は感心した様子で答える。

「友木先輩、しょっちゅう生徒会手伝ってますもんね」

「することもないしな」

と俺が答えると、

「いやいや、冬華《とうか》とデートするの我慢してまでやってるじゃないですか」

と甲斐は苦笑した。……口が滑った。

「あ、ああ。なんだかんだ冬華も手伝っているしな。冬華も、生徒会合宿参加予定だし」

「へー、良いなー。冬華だけじゃなく、たまには俺の遊び相手もしてくださいよー」

「お、おう！　もちろんんだ！」

何《なん》とはなしに言っただろう甲斐の言葉だったが……それを聞いて、俺はテンションが上がった。

男の後輩からこんなにも慕われることなんて、これまで一度としてなかったからだ。

「それじゃ、温泉とか行きません？　たまに部活仲間と一緒に行っている穴場があるんですよ！」

「へー、温泉。良いな、それ」

温泉とは中々渋いチョイスだと思ったが、でかい風呂は俺も好きだ。甲斐の誘いに、俺は頷いた。

「マジすか！　それじゃ、またお誘いするんで、よろしくお願いします！」

甲斐は満面に笑みを浮かべ、興奮した様子で言った。ここまで喜んでもらえるとは……先輩冥利に尽きる。

「おう、誘ってくれ。……もう体育館か。またな」

いつの間にか体育館に到着していたため、甲斐にそう告げ、体育館へと入った。

「うす、勿論《もちろん》っす」

と、背後から甲斐の言葉が聞こえ、それから「うっし！」と、嬉しそうな声が聞こえた気がしたが——流石に俺と夏休み遊ぶ予定ができただけでそんなに喜ぶわけがないので、空耳だったのだろう。

☆

終業式が終わり、いつもより早い放課後が訪れた。

自席にて帰り支度を進めていると、

「センパーイ、今日も一緒に帰りましょ～！」

と、冬華が廊下から俺に向かって声をかけてきた。

冬華のその言葉に、クラスメイトは一斉に俺に振り向く。

そして、俺が呆《あき》れたように彼らに視線を向けると、ぎょっとした表情で顔を背ける。

……もう一学期も終わりだというのに、未《いま》だにこの天井ネタが繰り返されている。

ワンパターンすぎて飽き飽きだ。

やれやれ、二学期ではもっと面白い反応を期待しているからな……と、俺は嘆息しつつ立ち上がり、冬華と合流する。

そこで、

「すまん、二人とも。生徒会合宿の資料ができたから、一緒に放課後生徒会室に来てもらっても良いか？」

と、今度は歩み寄ってきた池《いけ》に声をかけられた。

「ああ、行く」

俺の答えに、

「先輩が行くなら、私もー♡」

と、冬華もご機嫌な様子で答えた。

池は呆れているかと思いきや、微笑《ほほえ》ましいものを見るように、冬華へ視線を向けていた。

「助かる。それじゃ、行こう」

池の後に続き、俺と冬華は生徒会室に向かった。

そして、生徒会室に入ると、そこには先客がいた。

「お疲れ様です、会長。それと、池さんと……友木さんですか」

優雅な仕草で頰に手を添えながら、生徒会副会長の竜宮乙女《たつみやおとめ》が俺たちに向かって言った。

ちなみに、田中《たなか》先輩と鈴木《すずき》は、まだ来ていないようだった。

「早かったな、竜宮」

「ええ。HRが早く終わりまして」

池の言葉に、竜宮はニコリと微笑んだ。

そんな竜宮に、俺も挨拶を返す。

「よう。そういえば生徒会だったな」

「そうです。またお会いしましたね」

俺の言葉に、竜宮はミステリアスな笑みを浮かべて答えた。

そのやり取りを見てだろう、ムッとした表情になる冬華。

「ねぇ、先輩。誰ですか、この人？　てか、なんで私のこと知ってるんですか？」

声に少々棘《とげ》があった。

自分だけが仲間外れみたいで、つまらなかったのかもしれない。

「ごめんなさい、池さん。挨拶が遅れました。私は二年の、生徒会副会長。竜宮乙女と申します。あなたのことは、会長から時折話を聞いていたんですよ。以後、お見知りおきを」

「あ、副会長さんですかー。よろしくでーす」

いつもの外向き用の笑顔よりも、若干硬い表情で挨拶をした冬華。

竜宮はそんな冬華の手をひしと握り、

「ええ、よろしくお願いします。早速ですが、『冬華さん』と。お名前で呼んでもよろしいでしょうか？」

熱心に冬華を見つめながら、竜宮は言った。

「え？　べ……別に良いですけど？」

「ありがとう、冬華さん。それなら、私のことはぜひ、『乙女』とお呼びください」

割と引いている冬華に、容赦なく畳みかける竜宮。

俺に助けを求めるように、冬華は視線をこちらに向けてくる。

……竜宮は池に惚《ほ》れている。

そのため、池の妹である冬華とも、積極的に仲良くなりたいのかもしれない。

俺は困惑している冬華に、力強く頷《うなず》いた。

えぇ!?……とでも言いたそうな冬華だったが、

「じゃあ、……乙女ちゃん？」

と、か細い声で言った。

すると、彼女の手を握りしめる竜宮が、今にも昇天しそうな至福の笑みを浮かべながら、

「はぅぁいっ♡　……ぜひ、今後ともよろしくお願いしますね。冬華さん！」

と、弾んだ声で言った。

冬華は「あ、はい……」と一言、無感情にそう言い、竜宮の手から離れた。

「あっ……」と、心底無念そうな表情を浮かべた竜宮。

こいつ、池だけじゃなく冬華のことも好きすぎだろ……。

そのやり取りを終えてから、池は俺と冬華に声をかける。

「これが、今年の生徒会合宿の資料だ。この資料を読んでもらって、分からないことがあればメールでも構わないから、なんでも聞いてくれ」

数ページの資料を、俺と冬華は受け取り、軽く流し読みした。

「ああ、また何かあれば聞く」

俺が言うと、冬華がこちらを向いてから、言う。

「それじゃ、先輩。帰りましょーか？」

「そうだな」

俺はその言葉に頷いてから、池と竜宮に向かって言う。

「それじゃ、これで俺たちは帰る。じゃあな」

「失礼しましたー」

続けて、冬華も言った。

「気を付けろよ」

「もう帰られるのですね。……それでは、また」

池が言ってから、竜宮は名残惜しそうに冬華を見つめて、言った。

竜宮の視線を気にしないように努め、それから俺と冬華は生徒会室を出ようと扉を開けたところで——。

「あ、あら、友木君……と、池さん」

生徒会室に入ろうとする、真桐《まきり》先生と対面した。

俺と真桐先生は一瞬目が合い、そしてサッと視線を逸《そ》らした。

……やはり、気まずかった。

「あ、真桐先生。お疲れ様でーす」

と、そんな俺と真桐先生の様子には気が付かない冬華《とうか》が続けて言う。

「そう言えば、生徒会の合宿って先生が引率なんですよね？」

「ええ、そうよ。顧問の先生は多忙だから、補佐の私が引率することになるわ」

冬華の言葉に、真桐先生が答えた。

「よろしくお願いしますねー」

「ええ」

真桐先生は一言呟《つぶや》いてから、思い出したように言う。

「あ、そうだわ。友木《ともき》君、池君から聞いていると思うけど、まだ保護者同意書を提出していないわわね？　今日は、持ってきているかしら？」

不意に俺の名前を呼ばれて、ぎくりとする。

しかし、事務的な話だ。俺は頷いてから、カバンから署名押印をした保護者同意書を取り出し、渡す。

「遅くなってすみません」

「特に期限を設定していなかったのだし、謝る必要はないわ」

真桐先生は苦笑を浮かべつつそう言い、受け取った保護者同意書に目を通した。

「それじゃあ、俺と冬華は帰ります」

冬華に目配せをすると、「お先でーす」と彼女も陽気に言った。

「ええ、帰り道には気を付けて」

普段通りの、凛々《りり》しくてカッコいい大人の真桐先生として笑みを浮かべて、そう言った。

俺と冬華は、会釈をしてから、生徒会室を後にした。

☆

そして、駅までの帰りの道。

先ほどのやり取りを思い出し、なんだかんだで、真桐先生は大人だと思った。

流石《さすが》に最初はちょっと気恥ずかしかったのだろうが、結局はいつも通りの対応だった。

俺も見習わなくては、と思っていると、

「そう言えば先輩、お父さんに生徒会合宿の話をしたんですね」

隣を歩く冬華から、尋ねられた。

「え、あ、ああ。……うーん」

その点については極力触れられたくなかった俺は、言葉を濁そうとして……。

「……え、先輩。もしかして同意書に、自分で名前書いたんですか？」

「……まあな」

速攻でバレた。

「仲直り、できなかったんですか？」

「……そもそも、話しかけることもしなかった。冬華に背中押してもらったってのに、情けないよな」

俺が言うと、冬華は首を横に振った。

「あのクソ兄貴と長い間不仲だった私が、先輩のこと情けないって思うわけないじゃないですか。……あ、だからって別に、今も仲が良いってわけじゃないんですけどね!?」

「そうか」

必死な様子の冬華が少しおかしくて、思わず笑みがこぼれる。

「こういうのは、結果を焦りすぎても良くないと思いますしね」

そう言ってから「あ、でも……」と呟き、ビシッと俺に指をさす。

「真桐先生が気づいて、先輩が一緒に行けなくなったら、私嫌ですからね？」

「その時は……すまん」

俺が頭を下げると、ニヤッと笑った冬華が指を振ってから、

「そういう時は、『もしも一緒に行けなかったら、俺が予約した高級スウィートに一緒に泊りに行こう』って、大胆に男らしく私をお誘いするのが基本ですよ？」

「……泊りじゃなくても。夏休みだし、ちょっとくらいは遠出してもいいかもな。冬華さ

え良ければ、だが」

俺の言葉に、ムカつくニヤケ笑いを浮かべていた冬華が、今度はドヤ顔になって言う。

「お泊りじゃないのは減点対象ですけど、優児《ゆうじ》先輩からのデートのお誘いは、とっても嬉《うれ》しいですよ」

それから、背伸びをして、俺の頭をよしよしと撫《な》でてきた。

「……この手はなんだ？」

俺の疑問に、冬華はムフフと笑って答える。

「私をデートに誘えた御褒美です。嬉しいんじゃないですかー？」

むず痒《がゆ》く、更に俺のキャラでもないのでこういったのはご遠慮願いたいのが本音だったが、今は甘んじて受け入れることにした。

楽しそうな表情の冬華を見て、今年の夏は楽しくなるかもな――と、そう思うのだった。

8．満点

耳にはセミの鳴き声が届き、冷房の利いた快適な部屋の中にいても、今が夏なのだと実感できる。

今日は、いよいよ始まった夏休みの初日だ。

……とはいっても、特に予定はない。

普段の休日のように、漫画やラノベを読むか、勉強をするか、身体《からだ》を鍛えるか、ユーチューブを見るか。することはそれくらいだ。……意外とやることには困らないな。

と、思っていると。

机の上に置いていたスマホが震え、着信を告げた。俺はそれを手に取り、通知画面を確認する。

差出人は、池《いけ》だ。内容を見ると、

『今日、暇なら遊びに行かないか？』

と書かれていた。……ありがたい。

当たり前のように暇な俺は、そう思い、すぐに返信をした。

『もちろん、良いぞ』

送ると、またすぐに池からの返信が来た。

『それなら、飯を食ってから14時に駅のパチ公前で集合で』

パチ公とは、ここら辺の学生が頻繁に使う繁華街の最寄駅にある、パチもの臭い犬の銅像のことだ。

地元では、割と有名な待ち合わせスポットである。

『了解』

池に返信をする。

まだまだ、待ち合わせには時間がある。折角いい天気なので、外でも走ろう。

☆

軽く走り終えてからシャワーを浴び、自室に戻る。

それからスマホを見ると、新たにメッセージを二つほど受信していた。

『先輩、今日は暇ですよね？　デートしーましょ♡』

俺のことを暇だと決めつけたのは、冬華だ。

誘ってくれたのは、本当にありがたいのだが、あいにく先約がある。

『池と先に約束をしていた。それでも良いなら、14時にパチ公前で』

池も冬華と出かけるのが嫌とは言わないだろう。

そう思い、俺は冬華を誘ってみた。そして、次のメッセージを見る。

『あんまり会えないみたいなこと言ったばっかりだけど…今日、練習が午前で終わるから、午後から一緒に、遊びに付き合って欲しいな！』

差出人は夏奈《かな》だった。誘ってくれて、ありがたい。

そう思い、俺は冬華へ送ったメッセージをコピペして返信した。

『池と先に約束をしていた。それでも良いなら、14時にパチ公前で』

それからすぐにスマホが振動し、冬華からメッセージを受信した。

『二人っきりが良かったのに！』

というメッセージの後、腹立たしいデザインのキャラクターが怒っているスタンプが送られ、

『……わがまま言ってもしょうがないですし、別に良いですけど！』

というメッセージの後に、ムカつくドヤ顔をしたキャラクターが、両腕で大きく丸印を作っているスタンプが送られてきた。

『それじゃ、よろしく』

俺は冬華のメッセージに、一言で返信をした。

夏奈からメッセージが返ってきたのは、冬華よりもだいぶ後だった。

時刻は正午を過ぎており、これまでテニスの練習をしていたんだろうなと思った。

『春馬《はるま》も？　私は、優児君と二人っきりでイチャイチャしたかったんだよ？』

冬華と同じ、ムカつくデザインのキャラクターが泣きべそをかいているスタンプを送ってくる夏奈。流行《はや》ってるのか……？

そしてすぐ後に、

『……でも、しょうがないかな。二人っきりでイチャイチャは、次の機会に取っておきます！』

と、返事が来た。

『二人っきりでもイチャイチャはしないからな。それじゃ、よろしく』

俺は夏奈にそう返信してから、

「池に言っとかないとな」

そう思い、彼にもメッセージを送った。

池からは、すぐに返信が届いた。

『夏奈からも冬華からもなぜか急に罵倒の言葉が送られてきたのは、そういうことだったのか…』

という、哀愁漂う文面に対し、俺はなんだか非常に申し訳ない気分になった。

☆

待ち合わせ場所に行くと、人気が多いにもかかわらず、早速見つけた。

「ねぇ、君一人？」

「すごく綺麗《きれい》な顔してるねー。お姉さんたちと、良いことしない？」

……女子大生と思《おぼ》しき派手目な肉食系二人に逆ナンをされている、爽やかイケメンな池を。

「すみません、人を待っているもので」

「えー、それってカノジョとか？」

「いえ、友人です」

「なら、その子もいっしょに遊ぼうよ？」

中々ガッツのある相手のようだ。

池が丁寧に拒否をしても、二人の女性に引き下がる様子はない。

愛想笑いを浮かべ、お断りの言葉を繰り返す池に近づき、俺は声をかける。

「待たせたな」

俺の声に、ホッとした表情を浮かべた池が振り返る。

「おお、優児か」

俺の登場に安心した池とは反対に、女性二人は俺の顔を見て恐怖の表情を浮かべた。

「あっ、やっぱり折角友達と遊ぶのに邪魔しちゃ悪いよね」

「これ、ウチのラインだから、ゼッタイ連絡しなよー？」

と、先ほどまで熱心に池を口説いていた二人は、自分のラインＩＤを書いた紙をさっさと池の手に握りこませ、俺の顔をまともに見ないまま、颯爽《さっそう》と逃げて行った。

彼女らの背中が見えなくなってから、困惑を浮かべながら池は言う。

「助かった、優児。どうにも、ああいうのは苦手でな」

年上のお姉さんに逆ナンをされてからのセリフが、これだ。

朝倉《あさくら》が聞いたら卒倒しそうな言葉だった。

「流石《さすが》は池。……敗北感を覚える」

逆ナンどころか見知らぬ他人から声をかけられることすらない俺も、衝撃を受けていた。

「へー、それじゃ優児君は、逆ナンされたいのかな？」

と、落ち込む俺に声をかけてきたのは、夏奈だった。

振り向くと、夏奈がおり、俺の腕に自分の腕を唐突に固く絡ませてきた。

「じゃ、私が優児君を逆ナンしちゃおっかな？　彼氏、カッコいいねー。私と、お茶しなーい？」

そして、夏奈は悪戯《いたずら》っぽく笑いつつ、言った。

「いや、別にナンパされたいわけではないからな」

俺が言うと、

「その通りですよ、葉咲《はさき》先輩。ていうか、そこは私のポジションなので、どいてくださーい」

間髪容《い》れず、今度は冬華《とうか》が現れる。

夏奈と組んでいる腕を無理やり引き離して、彼女は間に割って入ってきた。

ムッとした表情を浮かべる夏奈と、冷たい視線を彼女に送り続ける冬華に対して、俺は言う。

「冬華も来たから、とりあえずはこれでみんな揃《そろ》ったな」

俺の言葉に、怪訝《けげん》な表情を冬華と夏奈が浮かべた。

どうしたのだろうか？

そう思っていると、二人は俺に向かって問いかけた。

「え、先輩？　この泥棒猫も参加する流れなんですか？　私、聞いてないんですけど??ちょー意味分かんない系なんですけど??　私、先輩がこの人にストーカーされてるのかなって、心配したんですからねっ!?　どういうことか、説明してくださいよっ」

「ス、ストーカーなんてしないよっ！　私だって、冬華ちゃんがいるなんて、聞いてないもん！　冬華ちゃんこそ、優児君と遊ぶことになった春馬の後をついて来ただけでしょ!?

冬華ちゃんの方が、ストーカーだよっ!!　ね、そうだよね？　優児君《ゆうじくん》!?」

白熱する二人に、俺は問い詰められる。

そして、自分の失敗に思い至る。池にだけメールを送って満足してしまい、冬華と夏奈に連絡を入れるのを、完全に忘れていた……。

「そう言えば連絡するのを忘れていた……すまん」

悪いことをしたな、そう思い俺が謝罪すると……。

「え、それだけ……!?」

「こんなの絶対おかしいよ……」

絶望の表情を浮かべる二人に、池が声をかける。

「まぁ、良いじゃないか、たまには」

池がそう言ったものの、

「兄貴はちょっと黙ってて」

「春馬はどっちの味方なの!?」

と、二人から責められる羽目になった。

肩を竦《すく》めて俺の肩に手を置いてから、

「俺はいつでも友木《ともき》の味方だが……ここは撤退だ」

と呟《つぶや》き、池は引き下がった。……俺が蒔《ま》いた種とはいえ、できれば引き下がらないで欲しかった。

冬華と夏奈は、お互いに睨《にら》み合う。

それから、冬華が猫撫《ねこな》で声を作って、俺にしなだれかかって言った。

「ま、いいでしょう。今日はあくまでも私と先輩のラブラブデートがメインですし？　他の二人は気にせず、いつもみたいにイチャイチャしましょーね？」

と、上目遣いで冬華が問いかけてくる。

別にいつもイチャイチャしているわけではないが、徹底的に夏奈をブロックしたいらしい。

「そんなのズルイっ！　私だって……優児君とイチャイチャしたいのにっ！」

非難めいた視線を俺と冬華に向ける夏奈。

あーだこーだ言い合う二人に、どう対処しようかと考えていると……。

「なぁ、優児……さっきの敗北感が、なんだって？」

呆《あき》れたような表情を浮かべ、池《いけ》はそう問いかけてきた。

確かに、今の状況を朝倉には決して見せられないな……。

そう思った俺は、池の問いかけに何も答えられなかった。

☆

冬華と夏奈が言い争うのをなだめて、俺たちはパチ公前から移動する。

今日のことはノープランだったため、これから何をしようかと、道を歩きながら話すことに。

「何かしたいことはあるか？」

池が問いかけると、まず冬華が反応した。

「私は先輩と二人きりでカラオケにでも行こうと思うので、二人はどうぞご自由に。それじゃっ！」

そう言って、俺の腕をガシッと摑《つか》んで二人から離れようとするが、

「私と優児君が良い雰囲気になれる映画を観《み》に行くから、冬華ちゃんと春馬は兄妹水入らずでゆっくりすれば良いんじゃないかなー？」

と、夏奈が固い声音で言ってから、冬華が摑む方とは逆の腕を引っ張ってくる。

「残念、映画は既に私と優児先輩で一緒に行きましたー。ちょー良い雰囲気になりましたね？　でもぉ、別に今日は映画の気分じゃないですよね？」

「ああ、そうだな」

あの世紀末な映画を観て良い雰囲気になっていたかは分からないが、確かに映画を観ようというテンションでもないため、俺は冬華の言葉に頷《うなず》く。

すると、シュンとうな垂れる夏奈《かな》。

「……映画は、また今度な」

流石に申し訳ない気分になって、俺が夏奈にそう言うと、彼女は表情をぱぁっと明るくさせた。

それから、

「うん、約束だよっ?」

と、満面に笑みを浮かべて言ったので、俺は首肯した。

「……先輩? 彼女のいる前で、他の女の子をデートに誘うとか、サイテーだと思うんですけどー」

顔を真っ赤にして、不服そうな表情を浮かべながら、冬華は言った。

「次の機会に、みんなで行こうってことだ」

今の俺にとって、夏奈は大切な友人だ。

彼女との関係も、冬華との『ニセモノ』の恋人関係同様、大切にしたいと、俺は思っている。

「それでも、良いよ。……今はまだ、だけどね?」

穏やかな笑みを浮かべる夏奈。

きっと俺は、夏奈を傷つけてしまっている。それは、彼女の気持ちに応えない限り、傷つけ続けてしまうのだと思う。

笑みを浮かべる夏奈を見て、そのことを申し訳ないと、俺は思った。

だけど――。

「ああ」

今ここで謝るべきではないとも思った。

だから、俺は一言答えた。

「……先輩のバカッ、女たらし！」

不満そうに呟いた冬華。

「人聞きの悪いことを言うな。俺は女たらしではない」

「……そうでしたね。先輩は別に女の子だけたらし込んでいるわけじゃないですもんねー」

所謂《いわゆる》ジト目という奴《やつ》で、冬華は俺を責める。

「……どういう意味だ？」

彼女の言っている意味が全く分からなかった俺は、素直にそう問いかける。

「知らぬが仏。昔の人は良いことを言いますよね……」

どこか覚悟を決めた表情を浮かべながら、冬華は呟いた。

「……それで、結局どうする？」

俺たちの会話を見守っていた池が、苦笑を浮かべてそう問いかけた。

……全く話が進んでいなかったことに、気が付く。

そう考え、俺は周囲を見て、一つの建物が目に留まった。

「あそこに入って考えないか？」

俺が指さしたのは、大型の総合アミューズメント施設だ。

あそこなら、さっき冬華が言っていたカラオケもあるし、それ以外にもゲームセンターやボウリング、各種スポーツ施設なども取り揃えている。

「いーんじゃない？」

「私も良いと思う」

「決まりだな」

というわけで、かなりあっさりと目的地が決まるのだった。

☆

そして、受付を済ませてから何をするか話すのだが……。

「そういえば俺、ボウリングをしたことがないな」

「えっ!?　そうなんですか？」

「ああ。これまで、一緒に行く相手がいなかったし、一人でしようとも思わなかったからな」

俺の言葉に、冬華は池と夏奈を見た。

「そういえば、一度もしたことがなかったな」

「私と遊んでいた頃は、大体外で走り回っていたよね」

池は申し訳なさそうに言い、夏奈は懐かしむように言った。

「ちなみに、カラオケでも遊んだことがない。理由は同じだ」

俺が言うと、三人は優しく笑みを浮かべてから、言う。

「それじゃ、折角だしボウリングとカラオケをして遊びましょうか」

「うん、そうだね。きっと、みんなでやったら楽しいよ？」

「ああ、丁度いいな」

……あまりにも温かい言葉に、流石《さすが》に気恥ずかしくなる俺だったが、

「おう、そうしよう」

と、素直に頷いた。

そんなわけで、まずはボウリングをすることに。

ボウリング専用の受付でシューズを借りてから、レーンに案内される。

各々がボールを借りて、ゲームはスタートした。

第一投の池は、こなれたフォームでボールを投げる。

見事にカーブさせたボールは、そのままピンを全てなぎ倒した。

一投目からのストライク、流石はスター池だ。

「おー、すごいねー」

「今日は調子が良さそうだ」

夏奈がテンション高めに言い、笑みを浮かべる池とハイタッチをする。

ちなみに、冬華《とうか》はスマホを弄《いじ》っており、池を完全にスルーしていた。

「すごいな」

「ありがとな」

俺は夏奈に倣い、池とハイタッチ。

すると……なぜか、こちらを見ていた夏奈が、目の色を変えた。

「優児君、次、私投げるから！　見ててよねっ!?」

「お、おう」

テンションの高い夏奈が、ボールを投げる。

一投目は綺麗《きれい》に右半分を倒し、残り５本。

二投目、残ったピンに真《ま》っ直《す》ぐにボールは進み……見事全ピンを倒す。スペアだ。

「わっ、見てた、優児君!?」

夏奈がこちらを振り向き、嬉《うれ》しそうに言う。

「ああ、すごいな」

俺が頷いて答えると、笑顔のまま手を上げてこちらに向かってくる夏奈。

「わーい、ハイタッチ、ハイタッチ!!」

嬉しそうに言う夏奈に、俺は苦笑を浮かべて手を合わせて……彼女はそのまま、俺の手を握り締めてきた。

それを見て、冬華が「ちょ、何してるんですか!?」と、慌てて抗議する。

それは、俺も聞きたいことだった。

「夏奈、これは俺の知ってるハイタッチと違うんだが」

俺がそう言うと、

「違っちゃダメ、かな？」

上目遣いに俺を覗《のぞ》き込みながら、夏奈が尋ねてくる。

……ダメなんじゃないだろうか、そう思いつつ、あまりにもストレートな言葉に、中々言葉が出てこなかった。

「ダメに決まってるじゃないですかー？　てゆーか、私のカレピに馴《な》れ馴《な》れしく触らないでくださーい。セクハラで訴えますよ？」

不満を浮かべた冬華が、俺と夏奈の手を何度もチョップしてくる。

「……嫉妬は見苦しいかなー、冬華ちゃん？」

冬華にチョップされた腕をさすりながら、夏奈は意地悪そうに言う。

カチンときた様子の冬華は、

「……先輩？　私が投げるところもちゃんと見ていてくださいねっ♡」

夏奈と似たような言葉を俺に告げてから、ボールを投げる。

真っ直ぐにボールは進み、中央からピンが倒れていった。

冬華は池《いけ》と同じように、ストライクを取った。

「やった～、ストライクですよ、先輩♡は～い、ハイタッチ！」

冬華が、両手を上げて駆け寄ってきた。

なんだったら抱擁を求めているようにも見えたが、俺も両手を上げて待ち構えると……。

「わ～、冬華ちゃんストライクだ！　すごいすごーい♡」

と言って、間に割り込んだ夏奈が、冬華と強制ハイタッチをした。

そして、俺の時と同じように、手を摑んだ。

「……わー、ありがとーございまーす。とりあえず一刻も早く手を離してもらえますぅ？」

固い声音で言う冬華。

「えー、だって冬華ちゃん、私の真似《まね》して優児《ゆうじ》君の手を握りしめるつもりでしょ？　次は優児君の番なんだから、邪魔しちゃだめだよ？」

「はー？　超意味分かんないんですけど？　そんなはしたない真似、あんたと違って私がするわけないいんですけど？……ただ？　先輩が私の手を離さない時は、別だけど～？」

「実はさっきのあれ、優児君が私の手を離さなかったんだよ？」

「はぁー？　妄想癖があるとか、コワ～。……フツーにカワイソー」

互いに言い合い、プロレスのようにいわゆる『手四つ』の状態で硬直する冬華と夏奈。

……よし。次は、俺の番だな。

二人を放置し、俺は池から簡単なアドバイスをもらい、ボールを投げる。

二投で合計8本を倒すものの、中々思った通りには投げられなかった。

まぁ、まだ始まったばかり。

このゲームで一度くらい、ストライクを取ってみたいな。

……と、冬華と夏奈の諍《いさか》いを放置する横で、俺はそう思うのだった。

☆

そして、1ゲームが終わった。

あのあと俺は、なんとなくコツを摑《つか》んで、ストライクやスペアを結構取れた。

最終的なスコアは150程度だった。

「初めてなのに150なんてすごいよ！」

「先輩、カッコよかったですよ♡」

平均的なスコアだとは思うが、それでも夏奈《かな》と冬華からは大絶賛された。

そして、10フレーム全てでストライクを取り、俺の倍の得点である300点を記録した池はというと……。

「ねぇ、春馬《はるま》？　一人だけ12回しか投げられなくって、損した気にならない？」

夏奈に心配され――、

「すごすぎて引く……キモ」

冬華に嘲笑されていた。

「……すごいじゃん、俺の倍の得点だ」

俺がそう言うと、池は黙って寂しそうに笑みを浮かべて言う。

「優児が楽しんでくれたのなら、俺はそれで良いさ」

冬華と夏奈からひどい（？）ことを言われたにもかかわらず、俺のことを気にかける池は、聖人君子か何かなのか？

哀愁を漂わせながら言った友人の姿を見て、俺は割と真剣にそう思った。

☆

ボウリングも終わり、今度はフロアを移動して、ドリンクバーで飲み物を取ってからカラオケルームに入る。

「はいっ、先輩は私の隣！　兄貴は部屋の隅っこで気配を消して！　葉咲《はさき》先輩は廊下で筋トレでもしてたら良いと思います！」

部屋に入ると、早速冬華がてきぱきと指示を出すが……池と、特に葉咲の扱いが酷《ひど》い。

「じゃー、私は優児君の膝の上だね！」

「え、何言ってんの？……流石に引くんですけど？」

白熱する二人を放っておいて、俺は池の隣に座る。

「俺の隣で良いのか、色男？」

揶揄《からか》うように池は言う。

随分と様になる横顔で、それをお前が言うなと突っ込みそうになる俺。

「良いだろ、誰がどこに座ろうと……。ところで、これってどう操作するんだ？」

タッチパネル式のリモコンの操作方法を池から教えてもらっていると……。

「優児先輩は、私の隣！　ですからねっ!?」

「優児君の膝の上には私、だよね!?」

と同時に冬華と夏奈が問いかけてきた。

「俺は池の隣に座っとくし、膝の上に夏奈を乗せる気もない。二人はそっち側に並んで座ればいいだろ」

反対側のソファを指さす俺。

冬華と夏奈は、俺の言葉と隣にいる池を見て、絶望の表情を浮かべる。

それから言われた通りに反対側のソファに座り、シュンとうな垂れる二人。

「俺の言うことは全然聞いてくれないが、やっぱり好きな男の言うことなら、二人とも素直に聞くんだな」

またしても、揶揄うように池は言う。

こいつはこいつで、楽しんでいるな。

「とりあえず、曲入れるからな」

そう言って、池が曲を入れる。

カラオケマシンから音楽が流れ、歌詞が画面に現れる。

流行のシンガーソングライターの曲だ。俺でも知っている。

選曲に迷っていたが、みんなが楽しめる歌を入れておけば良いのだろう。

そう思い、俺も同じように、みんなが知っているような曲を入れておいた。

それから、歌い始める池。

透き通るような声。音程やリズム感も完璧。

完璧超人の池は、カラオケもパーフェクトだった。

おそらく、竜宮《たつみや》をはじめとする池のファンの連中が聞いたらあまりのイケメンっぷりに卒倒するのだろう。

　しかし、この場にいる女子は……。

「この曲歌っている人、たまにテレビで見るけど、なんかすごくナルシストっぽいよねー」

　幼馴染《おさななじみ》の夏奈は呑気《のんき》にそんなことを言い、冬華《とうか》に至っては無言でスマホを弄っていた。

　二人とも、竜宮と替わってやれよ、そのポジション……っ！

　俺は悔しくなって、心中で嘆いた。

「流石《さすが》は池。上手《うま》いな」

　歌い終えた池に俺が言うと、

「あっちの二人には、お気に召してもらえなかったみたいだけどな」

　そう答えてから、俺にマイクを手渡した。

　それを受け取ると、すぐに曲が流れた。

「あっ、私この曲すっごく好き！」

「先輩センス良い！　素敵～♡」

　そして、唐突に冬華と夏奈が全力で俺をほめそやした。

　普通に気まずかった。

　俺が歌い始めてからも、合いの手を入れたりして、盛り上げてくれる。

　……すげぇ恥ずかしい。

その羞恥を堪《こら》えて歌い終えると、

「わー、優児君上手～！」

「先輩、素敵です！　惚《ほ》れなおしちゃいました♡」

俺を自分に惚れさせようとする二人が、そんなことを言ってくる。

「お、おう」

そう答えると、また曲が流れ始める。

「あ、私の入れた曲ですっ！」

冬華の入れた曲は、人気女性歌手の明るいラブソングだった。

可愛《かわい》らしい声音、歌唱テクニックも完璧。

俺は冬華の歌声に、聞き入った。

「……どうでしたか、先輩？」

歌い終えた冬華が、俺に問いかける。

「すげえ上手いな。聞き入ってた」

俺が言うと、冬華が照れくさそうに、

「良かったです」

と、ホッとした表情で言った。

「冬華ちゃんは選曲があざとすぎるよねー」

と、笑みを浮かべたまま、夏奈が言うと、「はぁ？　うっざー」と、冬華も笑みを浮かべながら返す。怖い。

「次は私歌うねっ、優児君に聞いてもらいたいなっ！」

と、めちゃくちゃあざといことを言ってから、夏奈は歌い始める。

女性アイドルグループのバラード曲。しっとりと歌うラブソングだ。

冬華ほど上手ではないのだが、普段明るい夏奈がこういったバラードを歌うのは……ありかもしれないと思った。

「どうだったかな、優児君？……ドキッとした？」

歌い終えた夏奈は、俺に向かって問いかける。

……正直、歌う夏奈に普段とのギャップを感じて、ドキッとしていた。

「ああ、良かった」

俺が答えると、夏奈は照れくさそうに笑みを浮かべる。

「嬉《うれ》しい、な……」

それを聞いた冬華が、

「葉咲先輩にぴったりの曲でしたねー」

と、意外にも好意的に言った。

「そ、そうかな？」

「ええ、歌詞と同じように重い系女子の葉咲先輩には、ぴったりですよー」

冬華の言葉に、「えー、冬華ちゃん程ではないよー」と謙遜した風に苛立《いらだ》ちを表明する夏奈。

バチバチと火花を散らす二人に、

「ドリンクバー行ってくるけど、二人は何か飲むか？」

きさくにそう問いかける池《いけ》。

「「アイスティーでっ！」」

と同時に答える二人。同じ注文をハモるとか、実はこいつら仲良いのかもしれない。

それから、一人で三人分のドリンクを運ぶのは、無理じゃないとは思うが、少し大変そうだと思い、池に声をかける。

「俺も手伝う」

「そうか？　助かる」

池と一緒に部屋を出る。ドリンクバーのカウンターに着くと、そこには他に人がいなかった。

俺は冬華と夏奈の分のグラスに氷を入れて、池に手渡す。

「ありがとな、優児《ゆうじ》」

池は、マシンのボタンを押しながら、俺から受け取ったグラスにアイスティーを注ぎながら、そう言った。

「気にするな。二人だったらすぐだしな」

俺が自分の分の飲み物を注ぎながら言うと、池がおかしそうに笑った。

「……なんか俺、変なこと言ったか？」

そう問いかけると、こちらを向いた池が穏やかな表情を浮かべた。

「ああ。そのことを言ったわけじゃなくてな」

「なら、なんのことを言ったんだ？　礼を言われる筋合いなんてないぞ」

「冬華と、夏奈《かな》のことだよ」

「は？」

俺は池の言葉に、呆《ほう》けたように答える。

なんのことを言っているのか、よく分からなかった。

「……あんな風に底抜けに明るく笑う冬華は、ずいぶん長い間見ていなかった。あいつはこれまで、表面を取り繕っただけの、冷たい顔で笑ってばかりだった。……冬華が変わったのは、優児。お前と付き合ってからだ」

そう言ってから、ニコリと微笑《ほほえ》む池。

俺は池の真《ま》っ直《す》ぐな言葉に、上手く返事をすることができなかった。

「夏奈も、そうだ。あいつは明るく振る舞い続けていたけれど、胸の内には俺にも相談できない想《おも》いを抱えていた。今の状態は開き直りに過ぎないのかもしれないが。それでもちゃんと笑っているように思える」

一呼吸置いてから、池は続ける。

「中学に上がるまでは、三人でよく遊んでたんだ。でもな、冬華は苦悩して、夏奈も想いを拗《こじ》らせて。いつの間にか自然と、三人で集まることはなくなっていた。……それに気付いても、俺には何もできなかった。冬華に至っては……俺はあいつを追い詰めることしかできなかった。……そんなんだったから、きっとあの頃みたいな関係には、もう戻れないんだろうと、俺は諦めていた」

でもな――

と、池は遠い目をして、言う。

「二人が仲良く一緒にいて、俺はただ揶揄われ続ける。それが、あの頃のやり取りを思い出して……。嬉しくなった」

池がひどい扱いを受けていてショックだった俺だが、彼にとってはそれこそが望んでいたものだったらしい。

「今、あの頃のようなやり取りができるのは、全部優児のおかげだ。……だから、本当にありがとな、優児」

優しく、穏やかに笑みを浮かべた池が、俺に向かってそう言った。

いつの間にか二人分の飲み物を注ぎ終えていた池が、手元のグラスに視線を落とす。

「……やっぱ、礼を言われる筋合いはないな」

確かに、俺は池と冬華の仲を改善する役に立てたのかもしれない。

しかし、夏奈のことについては、俺は何もしていない。

俺は、ただきっかけになったに過ぎない。

それでどうして、池からの感謝を受け入れることができる？

何より、俺が池から受けた恩は……到底返しきれないものだ。

だから、その言葉は素直に嬉しく思うが、受け止めることはできない。

俺は、そう思った。

「……カッコつけすぎじゃないか？」

「うるせーよ」

池の揶揄《からか》うような言葉に、俺は照れくさくなりながらも、一言返す。

……ちょっとカッコつけるくらいじゃなければ俺《友人キャラ》は、池《主人公》の隣には並べないんだ。

俺の言葉を受けて、クスリと笑う池。

彼はそれから、真剣な表情を浮かべて、言う。

「……心配をしているわけではないが、一つだけ。……冬華はもちろん、夏奈も俺にとっては妹みたいなもんなんだ。だから、優児との関係が、これからどう変わるかは分からない。……今のまま、半端な形で終わらせるようなことは、しないでくれ」

真っ直ぐなその眼差《まなざ》しを受けて、俺は頷《うなず》く。

「……ああ」

冬華との『ニセモノ』の恋人関係や、夏奈からの好意について、いずれはっきりケリをつけないといけない。

──俺の答えに満足したのか、池はいつもの明るく爽やかなイケメンスマイルを浮かべてから、言う。

「その言葉が聞けて、良かった。それじゃ、そろそろ部屋に戻るか」

池の言葉に俺は無言で頷く。

冬華の分のアイスティーをサクッとグラスに注いでから、池と共に部屋に戻ると──。

「「あ」」

そこには、中々衝撃的な光景が広がっていた。

驚いたことに、冬華と夏奈が二人仲良くデュエットしていたのだ。

俺と池は顔を合わせた。

「仲良いな、二人とも」

俺が言うと、二人の顔は真っ赤になり、それから妙に気まずそうに俯《うつむ》いてから、

「これは、優児君とデュエットしたいって話になって！」

「どっちが優児先輩のパートナーに相応《ふさわ》しいか、実際に歌って判断しようってことになってですね!?」

慌てて説明をする二人。

俺と池はテーブルにグラスを置いてから、とりあえずソファに腰を下ろした。

楽しそうに歌っていたように見えたけどなー。

未《いま》だに説明を続ける二人の言葉を、そんな風に思いながら聞いていると、隣に座る池が肩を震わせながら言った。

「いや、二人とも。そういう理由なら、もうデュエットをする必要はないぞ」

真意の量れない池の言葉に、

「は？　何言ってんの？」

「どゆこと、春馬《はるま》？」

怪訝《けげん》な表情を浮かべる二人。

「簡単なことだ。……優児は、俺とデュエットをするからなっ！」

そう言ってから、俺に肩を組んでくる池。

それを見て、冬華《とうか》と夏奈が憤る。

「はぁっ!?　意味ワカンナイんですけど!?」

「そうそう、ありえないよ、そんなのっ！」

「ありえないかどうかは、優児が決めることだと思うが？」

俺に同意を求めてくる池《いけ》。

整った顔が間近に迫る。

竜宮《たつみや》をはじめとする池のファンの連中に対してこれをしたら、あまりのイケメンっぷりにときめいて卒倒することだろう。

……残念なことに、俺は男なのだが。

「おう、それじゃ一緒に歌うか」

ときめくことなく卒倒することもない俺が池に対して答える。

「何それ、ちょーあり得ないんですけど!?」

「そんなのズルだよ、春馬のばかっ！」

二人の抗議の声を、爽やかな笑みで受け流しつつ、地元じゃ最強な選曲をした池が、俺に向かってマイクを渡しながら、快活に笑って言った。

「そんなの知ったことではないよな、相棒？」

俺は池からマイクを受け取り、

「ああ」

と頷いて、恨めしそうな表情を浮かべる冬華と夏奈の前で、池と共に熱唱するのだった
――。

9．お礼

夏休みが始まったばかりの、とある金曜日の夜のこと。

唐突に、スマホが震えた。通知画面を確認すると、真桐《まきり》先生からだ。

一体どうしたのだろうかと思いつつ、俺は画面をタップし、電話に応答する。

「もしもし、友木《ともき》君ですか？」

真桐先生の呼びかけに、「はい」と答えると、彼女は続けて言った。

「こんばんは、真桐です。今、少し時間良いかしら？」

「大丈夫です。なんですか？」

俺が答えると、真桐先生は電話口で一度呼吸をしてから、

「生徒会合宿の、保護者同意書のことだけど」

そう切り出した。

……なぜ真桐先生が俺に電話をしたのか、すぐに察した。

「……お父様から、署名をもらっていないわよね？」

電話口ではいまいち感情が読めないが、恐らく怒っていることだろう。

「……すみません」

「素直に認めるのね」

「言い訳をしても無駄そうですし。……同意書がないなら、参加は無理ですよね」

「……ええ」

真桐先生の言葉に、それはそうだと納得する。

池をはじめとした生徒会の面子《メンツ》や冬華に対し、なんと謝ろうかと思案していると、

「だから、保護者から署名をもらわないといけないわね」

「ええと、もらえなかったから俺が書いたんですけど」

「それは、事情を説明したけど断られたって意味じゃないわよね？」

「……ええ、まぁ」

「事情を説明すらしていない。そういう事よね？」

「はい。……情けないですけど、もらうのは無理ですよ」

「友木君は、許可がもらえなければ行かなくても良い、と思っているのかもしれないけれど。みんな、あなたに参加してもらいたいって思っているわよ」

優しい声音。だが、俺はその言葉に返答できなかった。

「というわけで、家庭訪問をします。私も交えて、お父様と話をしましょう」

「……ん？」

突然のことに、俺は動揺する。

「もちろん、お父様には既に伝えているわ。ちなみに友木君、明日は何か予定があるかしら？」

「明日は、特に予定はないですが……。え、真桐先生が来ることは決定なんですか？」

「決定よ。15時から時間が取れるということだったので、お父様の予定は空けてもらっているわ……友木君は、昼前には家にいるようにしてください」

「いつの間にアポを取ったんですか……ていうか、なんで俺は昼前からいないとダメなんですか？」

唖然《あぜん》とした俺の問いに、

「友木君。明日のお昼は私が用意します」

真桐先生は早口でそう言った。

「……お昼？　すみません、なんのことですか？」

「と、とにかく。明日はよろしくお願いします」

どこか慌てた様子の真桐先生は、それだけ言い残し、通話を切った。

通話履歴を眺めつつ、俺はもう一度呟《つぶや》いた。

「家庭訪問もお昼も、よく分かんねぇ……」

☆

そして、翌日の昼。

インターホンが鳴る。対応すると、どうやら真桐先生が到着したようだ。玄関を開くと、

「こんにちは、友木君」

白いブラウスにタイトなスカート、そしてジャケットを手にした真桐先生がいた。

いつも以上にかっちりとした恰好《かっこう》に、手に持った保冷バッグが浮いている。

「……じろじろ見て、何かしら？」

こちらを半眼で睨《にら》む真桐先生。

「真桐先生のスーツ姿、あんまり見たことがなくて、つい」

「行事ごとのたびにスーツを着ていると思うけど、あんまり記憶には残っていないようね？」

俺が言うと、苦笑を浮かべてから、真桐先生は言った。

「すみません」と言うと、「いいの、気にしていないわ」と優しく微笑《ほほえ》む真桐先生。

「あ、すみません。どうぞ上がってください」

と、俺は客間へと案内することに。

「失礼します」

玄関で靴を脱いでから、部屋の中に入る。

「綺麗《きれい》に片づけられているわね。……友木君が片づけたのかしら？」

「まぁ、一応先生が来るってことで片づけました」

「そう、普段通りでも良かったのに」

そういうわけにはいかないだろう……。

そう思いつつ、座布団を用意して、座ってもらう。

「お茶、出しますんで」

そう言うと、

「それじゃあ、お先にお昼をいただきましょうか」

保冷バッグをテーブルの上に置き、真桐先生はそう言った。

「……てっきり何かの聞き間違いかと思ってましたが。やっぱりこういう意味だったんですね」

親父《おやじ》と約束をしている15時よりもずいぶん早く到着した時点でそのことは分かっていたが、実際に目の前に弁当箱が現れたのを見て、その事実を再確認した。

「それは……私に料理ができると思っていなかった、っていうことかしら？」

「真桐先生に弁当を作ってもらえる理由がないので、信じられなかったんですよ」

俺が言うと、真桐先生は気まずそうに視線を逸《そ》らしながら答える。

「これは……この間、迷惑を掛けてしまったから。せめてものお詫《わ》びよ」

「なるほど、そういうことですか」

残念なことに、その言葉の信憑性《しんぴょうせい》は高く、俺はあっさりと納得した。

「さ、さぁ！　お弁当を食べましょう。良かったらレンジをお借りして温めたいのだけど、良いかしら？」

「それなら、やってきますよ」

真桐先生から弁当を預かり、レンジで温めつつ、お茶の用意をする。

温め終わった弁当を手にして戻り、準備を終える。

「レンジで温めた時に一度見ましたけど、めっちゃ美味《おい》しそうですね……」

弁当の中身は、一目で栄養バランスが考えられていると分かる、見事なお弁当。彩鮮やかで、食欲をそそられる。

「どうぞ、召し上がって」

対面に座る真桐先生が言う。

俺はいただきますと呟いてから、まずはだし巻き卵に箸を伸ばす。

「美味《うま》っ……!!」

俺は感動した。

実のところ、この間の駄目っぷりを目の当たりにしていたため、てっきり家事もポンコツなんだろうと思っていたから、尚更《なおさら》だった。

だし巻き以外にも、次々に箸を伸ばすが、そのどれもが美味い。

「お口に合ったかしら？」

真桐先生の言葉に、俺は頷《うなず》く。

真桐先生の優しい眼差《まなざ》しを受け、照れくさくなりながら、俺は無言のまま食べ進めた。

☆

その後、真桐先生は弁当箱を片づけるために一度自宅へと帰った。

この後もう一度ウチに来る予定なので二度手間になるのではと思ったが、親父に弁当箱入り保冷バッグについて言及された場合を考えると、真桐先生にご足労をおかけしたのは、仕方がないことだった。

時計を見ると、時刻は13時半。

次に真桐先生が来るのは15時前だろうから、一度部屋に戻って、漫画でも読んでおくかと考えていると、「ピンポーン」と、インターホンが鳴った。

宅配便だろうか？　俺はそのまま玄関を開けると、

「こんにちは、友木君。……来ちゃったわ」

……真桐先生だった。

「戻ってくるの、早いですね……」

「ええ。折角だし、勉強も見てあげようかと思って」

　この間の件をまだ気にしているのだから、このような提案をしてくれるのだろう。……もしかしたら、ただ単に暇なのかも知れないが。

「それじゃ……お言葉に甘えて」

「お邪魔します」

　それから、また客間に案内しようとしたところ。

「折角だし、普段の学習環境も見てみたいので、友木君の部屋で勉強をしましょう」

「まるで家庭訪問に来た先生みたいなこと言いますね」

「まさしくそうなのだけど？」

　真桐先生は冷笑を浮かべてそう言った。ちなみにその目は笑っていなかった。

「すみません、今日の真桐先生は恰好こそきっちりしてますけど、その……」

　俺が口ごもると、

「何かしら？」

　胡乱気《うろんげ》な眼差しを向けてきた。言おうかどうか再び迷ってから、彼女の視線の圧力に負け、

「綺麗なお姉さん感が強くて、うっかり先生だということを失念してしまいました」

我ながら『何言ってんだ?』と思うことを言った。

「……馬鹿なことを言わないの」

俺は恥ずかしくて真桐《まきり》先生の顔が見られなかったが、恐らく彼女は呆《あき》れたような表情をしていたことだろう。

一言「すみません」と呟いてから、部屋に案内をした。

「綺麗に片づけている……というより、そもそも物が少ないのね」

真桐先生は俺の部屋を興味深そうに眺めてから、そう言った。

家具と言えばベッドとタンス、それから机と椅子くらいか。

「……友木《ともき》君は、もしかして自宅にいる時は勉強しかしていないのかしら?」

どこか心配そうに真桐先生は言った。

俺は苦笑しつつ、枕もとに置いていたタブレットを手にして答える。

「スマホやタブレットで動画を見たり、漫画を読んだりしてますよ。あとは……押し入れにダンベルとかのトレーニング用品を片づけてるんですけど、それで身体《からだ》を鍛えたりしてますね」

「なるほど、今はタブレット一台あればある程度の趣味はカバーできるわね」

真桐先生はそう言って、納得したようだった。

「それじゃあ、勉強の準備をしてもらって良いかしら」

言われた通り、俺は机上に勉強道具を広げる。

それから、やりかけていた夏休みの課題に取り掛かる。

真桐先生は俺の様子を窺《うかが》いつつ、質問を待っているようだった。

……だが、今のところ引っかかるようなところは特にない。俺は無言のまま課題を進めていたが、ふと、あることに気づいてしまった。


――今、俺の部屋には……年上の綺麗な女の人がいる。


真桐先生にとって俺が、男性としては路傍の石コロ程度の価値しかないだろうことは分かっている。こうやって面倒を見てくれるのは、あくまで俺が生徒で、彼女が教師だからだ。

しかし、そのことが理解できたからといって、平常心が乱されないかというと、話は別だ。

同年代の女子すら家に上げたことがないのに、教師とは言え美人の女性が自らの部屋にいるというのは……あまりにも落ち着かない。

慣れ親しんだ自室だからこそ、全く異質の存在《真桐先生》がいることによって、部屋全体がアウェーのように感じてしまう。

「友木君、手が止まっているけれど、何か分からないところでもあるのかしら？」

「うおっ！」

不意に声をかけられ、俺は情けない声を出しつつ肩を跳ねさせた。……これは、恥ずかしい。そう思っていると、

「……集中できてないみたいね。やっぱり、この後お父様と話をするのは、緊張するのかしら」

真桐先生が気遣うように、そう言った。

後のことよりも、現在まさしく緊張の真っただ中なのだが……、

「そうですね」

と、俺は即答し、動揺を気取られないようにするのだった。

☆

その後、平静をなんとか取り戻した俺は、無事に課題を進めることができた。

時刻を見ると、もうすぐ15時になるところだった。

「そろそろ親父が帰ってくると思うので、客間に戻りましょう」

俺の言葉に、「そうね」と真桐先生は頷く。

部屋を移動し、客間に真桐先生を案内してから、冷たいお茶を用意した。

真桐先生の隣で膝を折り、お茶と茶菓子を出すと、「お構いなく」と苦笑をされる。

そのタイミングで、玄関が開いた気配がした。恐らく、親父が帰ってきたのだろう。

真桐先生に視線を向けると、「帰ってきたみたいね」と、呟《つぶや》いた。

その言葉のしばらく後、客間の扉が開かれ、親父が現れた。

「お久しぶりです、真桐先生。……15時からで、間違いなかったですよね？」

真桐先生は立ち上がり、一度会釈をしてから答えた。

「お久しぶりです。本日は予定より、少々早く着いてしまいまして。失礼いたしました」

「いえ、構いません。私が約束の時間に遅れてしまったのではないかと、少し焦ってしまっただけですよ」

そう言って親父は、俺の対面に座った。……わざわざ移動して親父の隣に座るのは気まずいなと思い、俺はそのまま真桐先生の隣に座った。

保護者が正面、教師と生徒が隣り合うというのは、恐らく一般的な家庭訪問ではなかなか見られないポジショニングだろう。

「まだ予定より少し早いですが、始めましょうか」

親父はそう前置きをしてから、

「それで。……愚息が、今度は何をやらかしたんでしょうか？」

と、続けて言った。

俺がやらかしたと決めつけていることに、苛立《いらだ》ちはしなかった。いきなり教師が家庭訪問をしに来たのだから、なんらかの問題が起こったと考えるのは普通だ。

何より、実際俺は偽造した文書を提出しているのだ。真桐先生からは呆れられただけだったが、割と悪質な行為だ。やらかしたことに違いないのだ。

「……お父様は、こちらをご覧になったことは、ないですよね？」

真桐先生はそう言って、保護者同意書を机の上に置いた。

親父《おやじ》はそれを手に取ってから、

「ええ、初めて見ました。……これは？」

書類と真桐先生を交互に見ながら、問いかける。

「生徒会活動の一環で、毎年夏休みに合宿を行っていまして。これは、その参加に関して、保護者への説明と承諾をお願いする書類です」

「……それが、何か？」

いまいちピンときていないらしい親父が間の抜けた様子で答えている。

「優児《ゆうじ》君も、今年その合宿に参加する予定なんです。なのに、未《いま》だに提出をしてもらえなかったので、こうして直接ご説明と署名を頂きに伺った次第です」

真桐先生の言葉に、

「……お前、生徒会役員なのか？」

親父は信じられないといった表情で問いかけてきた。

「いや、違う」

「違うのか……!?」

あからさまに戸惑った様子の親父。俺も親父の立場だったら、同じことを思うだろう、わけが分からないよ、と。

「優児君は、生徒会役員ではないのですが、普段から生徒会を手伝ってくれています。なので、生徒会役員から、是非参加して欲しいとお願いをしたんです」

真桐先生が、俺と親父の様子を見かねて、助け船を出してくれた。

「そう……なんですか？」

親父の言葉に、真桐先生は笑みを浮かべて頷いた。

「ええ。優児君は、あまりお父様に話されていないかもしれませんが、積極的に生徒会に協力をしてくれているんです。生徒会役員とも良好な関係を築けています。私としても、是非彼には参加をしてもらいたいと思っています」

真桐先生の説明に、親父は同意書と俺の顔を交互に見比べる。

啞然《あぜん》とした表情のまま、

「……なんで、俺にそのことを話さなかった？」

親父は、俺に向かって問いかけた。

「……気まずかったからだ」

俺の言葉に、親父は顔を伏せ、「……そうか」と、怒ることもなく、ただ無表情にそう呟いた。

きっと、昨年の事件以降、どう接すれば良いのか分からないのは、親父も同じなのだ。

「俺は、ずっと親父のことが苦手だった」

あの事件を起こす前の親父であれば、俺がこんなことを言えば、鋭い眼差《まなざ》しで俺を射貫《いぬ》いていただろう。いや、それどころか間髪容《い》れずに殴っていたかもしれない。

「すぐに手が出るところも、仕事ばかりで家のことを顧みないところも。お袋に家を出て行かれたことは、自業自得だとも思った。……俺にぶん殴られて、殴り返してこなかったことなんて、情けないとも思った。だけど、大変な時期に迷惑をかけたから、親父もしんどかったんだろうなって思う。……謝ろうとは思わないけどな」

親父の自業自得だけでなく、俺にも責任の一端はあった。

「でも、今でも親父は文句の一つも言わずに、俺を食わせてくれているし、学校にだって通わせてくれている。……そのおかげで、友達って言える奴《やつ》もできた。だから、感謝はしている。……言いたいのは、それだけだ」

これまで言えなかったことを、今こうして言えたのは……間違いなく、真桐先生が隣で見守ってくれていたからだ。俺は、心中で真桐先生にも感謝を告げた。

親父はというと、俺の言葉を無言で聞いてから、顔を俯《うつむ》かせて、同意書を読んだ。そして、書類に署名押印をして、真桐先生に手渡した。

「あ、ありがとうございます……」

無言でいる親父に、真桐先生は戸惑いつつもお礼を言った。

しかし、親父はその言葉には答えなかった。その代わり、

「……優児。お前は俺と同じだ」

と、低く暗い声でそう言った。そして、

「俺は、ずっと正しいことをしてきたと思っていた。お前に厳しく当たったのも、間違っていないと、そう思っていた。だが……今は何が正しくて、何が間違っているのか。分からなくなってしまった」

と、続けた。

真桐先生は、怪訝《けげん》な表情を浮かべて、親父を見ていた。

……まぁ、俺がなんと言ったところで、簡単にしこりは消えないだろうと思っていたから、この程度の嫌味を言われるのは予想ができていた。

しかし。

「……或《ある》いは、正しさも過ちも。表裏は一体、紙一重の差にしか過ぎないのかもな」

と、意味の分からないことを親父は言ってから立ち上がり、部屋を出て行った。

……どういう意味だったんだ、今のは？　恐らく真桐《まきり》先生も同じことを考えていただろうが、その答えはすぐに分かった。

親父は、なぜか漫画本を手にして客間に戻り、感慨深そうに呟いた。

「血は争えない、というわけだな。……俺たちは、やはり親子で、似た者同士なんだな」

それから、手にしていた漫画本を机の上に置いた。

俺と真桐先生は、当然それを見る。

……そして俺は、その漫画のタイトルを見て絶句した。


『俺たちは勉強ができない！』

『なんでここにも先生が？』


「息子よ、俺はお前を応援しているぞ」

「頭オカシーんじゃねぇの……？」

俺の生涯で間違いなく一番良い顔をした親父が言った。俺はその横っ面を思いっきりぶん殴りそうになった。

「真桐先生に訴えられたら絶対に負けるラインナップなんだけど、分かってんの？」

「やっぱり年上ヒロインは良いものだ……」

感無量といった様子で呟く親父には、俺の言葉が聞こえていないようだ。俺が真剣に通報するべきか悩んでいると、

「あの……これは一体？」

と戸惑った様子の真桐先生がそう問いかけた。

「愚息の愛読書です」

と親父は鋭い眼光で言った。

「嘘《うそ》を吐《つ》くな、これは親父のだろう!?」

「これは確かに俺のものだが、お前は電子書籍で購入しているだろう？」

「なんで知っているんだよ……？」

「やはり、購入していたか。……親子、だからな」

「誘導尋問……っ！」

ドヤ顔で言う親父相手に、俺は驚愕《きょうがく》を隠せなかった。

「あのタブレットの中に、この漫画が……？」

隣で真桐先生がそう呟いてから、俺を見た。

「友木《ともき》君、これは一体どういう漫画なのかしら？　見たところ、恋愛漫画のようだけど」

「そうです、学校の先生がヒロインのラブコメ漫画です」

親父がいけしゃあしゃあと説明をしてしまった。

真桐先生は、一瞬「……え?」と驚いたが、すぐに咳《せき》ばらいを一つして、平静を取り戻してから、

「……フィクションですから。読み手が現実と混同しなければ、楽しむのは個人の自由ですよね」

と、冷たい視線を向けながら、冷静に答えた。しかし親父は全く動揺を見せずに応じる。

「真桐先生。私は何が正しくて、何が間違いなのか。もはや何も分かりません。だから……どうか、愚息にご指導ご鞭撻《べんたつ》のほど、よろしくお願いします」

そう言って、急に真面目ぶった様子で親父は頭を下げた。『言動全てが間違っているぞ』と突っ込みにくい程の真剣さに、俺は戸惑った。

しかし真桐先生はその言葉を受け、背筋を伸ばしてから「もちろんです」と答えた。

「……どうか、末永く。よろしくお願いします」

真《ま》っ直《す》ぐな目で、親父は真桐先生を見据えながらそう言った。真桐先生は流石《さすが》に想定外だったのか、思いのほか動揺していた。

そして俺も、身内が先生にセクハラをする様を見せつけられてしまい動揺しつつ、もしも裁判になったら必ず真桐先生に有利になる証言をしよう、と固く心に誓うのだった――。

10. 出発

夏休みも数日が過ぎ、8月に入った。

俺は登校日というわけでもないのに、猛暑日の中、久しぶりに学校に向かっていた。

校舎に入ってから、真っ直ぐに生徒会室に向かう。

目の前の扉をノックしてから「はい」という声がすぐに帰ってきた。

その声に応じて、俺は扉を開く。

「来たか、優児」

「おう。全員揃《そろ》っているんだな」

池《いけ》が、俺の顔を見て、声をかけてきた。

部屋の中にいた他の面子《メンツ》も口々に俺に挨拶をしてくれる。

彼ら彼女らの顔を見ながら、俺も挨拶を返した。

登校日でもないのに学校に来た理由だが、今日は、以前から話があった生徒会の合宿の日だったのだ。

一度生徒会室に集まってから、真桐先生の運転するミニバンで出発する予定だった。

集合予定時間の10分前ではあるが、池、竜宮《たつみや》、田中《たなか》先輩、鈴木《すずき》といった生徒会役員と、冬華《とうか》。

　真桐先生を除いてこの場には参加者全員が揃っていた。

「ああ。結局竹取《たけとり》先輩は受験勉強を優先して、来なかったがな」

　池がそう言った後、

「おはようございまーす、優児《ゆうじ》先輩」

と、冬華が挨拶をしてきた。

「おう」

　俺が冬華に応えると、彼女はどこかホッとした様子だった。俺が無事合宿に来られたことを喜んでいるのだろうかと思ったが、

「ああ、冬華さん……」

　残念そうな竜宮の声が聞こえた。どうやら冬華は、竜宮に絡まれているところに俺が現れ、それでホッとしただけらしい。

　彼女は俺の視線に気が付いたようだ。

　不満気な視線を向けてくるが……とりあえず無視をしておこう。

「少し早いが、全員が集まったことだし、真桐先生のところに行こうか」

　池の言葉に、

「僕が職員室で真桐先生を呼んでくるから、みんなは先に校門のところで待っていて。車

を回してもらうよ」

「田中先輩一人だけは可哀《かわい》そうだから、私も一緒に行きますよー」

田中先輩と鈴木がそう言うと、池が頷《うなず》いた。

「それじゃあ、俺たちは先に校門のところに行くので、よろしくお願いします」

二人は池の言葉に頷いてから、荷物を持って先に生徒会室から出た。

それに続き、俺たちも生徒会室を出る。

池が施錠をしてから、俺たちは廊下を歩く。

「やー、それにしても、楽しみですねー」

隣を歩く冬華が、明るくそう言った。

「意外だな。随分と楽しみにしているんだな」

「ええ、それはもう！……葉咲《はさき》先輩とかいう邪魔ものが出しゃばってこないというだけで、最高です」

とても良い笑みを浮かべて、冬華が言った。

「夏奈《かな》もどこからか話を聞いて来たがっていたんだが、テニスの大会が近くてな」

「それに、葉咲さんは友木さんや冬華さんと違い、特に生徒会の運営を手伝ってくれていたわけではないので、こちらから誘ったりはしませんでしたね」

池がそう説明し、竜宮が冷静にそう言った。

「そういうわけなら、残念だけど夏奈が来られないのは仕方ないな……」

「残念ではないですが、仕方ないですよねっ！　というわけで、先輩と合宿、楽しみです！」

俺の言葉に冬華が答える。

「ふふ、それは良かったです。私も、冬華さんが合宿に来られると聞いて、とても楽しみにしていました」

「……あ、そうですかー」

ねっとりとした視線を向けてくる竜宮に、露骨に引いた様子の冬華。

「少し、アプローチが情熱的すぎたでしょうか？　会長は、どう思われますか？」

「うーん、どうだろうな。意外と照れてるだけじゃないか？」

そして今度は熱っぽい視線を池に向ける竜宮。

池は爽やかな表情を浮かべ、笑顔のままだった。

ちなみに、竜宮から俺に話を振られることはなく、眼中にないようだった。

そして、校門に到着をして、数分。

一台のミニバンが、目の前に停車した。

運転席から降りてきたのは、真桐先生だ。

「おはよう、みんな」

真桐先生の挨拶に、俺たちは口々に応じた。

「荷物は後ろに載せておきなさい」

そう言ってから、真桐先生はまた運転席に戻った。

すぐに荷物を置いてから、車の中に入ろうとするのだが……。

席順を見て、俺は一瞬悩んだ。

三列目には田中先輩と鈴木がすでに座っている。

残りの座席は三人掛けの二列目と、助手席だけ。

「冬華さん、一緒に座りましょう？」

「あ、私先輩と一緒に座るんでー」

俺が二列目に座ると……冬華に軽くあしらわれている竜宮が、不満を抱くだろう。

竜宮的には、冬華と池に挟まれるのが最高のポジションのはずだ。

こんなことで竜宮の不興を買いたくなかった俺は、

「俺は図体《ずうたい》がでかいからな。助手席に座る」

と、そう言ってさっさと助手席に座った。

「えー？……そうですか。じゃあ、私は先輩の後ろに座ることにしますね」

つまらなそうに答えた冬華だったが、駄々をこねたりはしなかった。

「それでは会長、お先に奥に座ってください」

「ああ」

竜宮に促されるまま、運転席の後ろに池が、助手席の後ろに冬華が、そして二人の間に挟まれて、竜宮が座った。

無言のままご満悦の表情を浮かべる竜宮。

どうやら彼女の思い描いた配席になったようだ。

とりあえずこれで出発ができるな、そう思い運転席の真桐《まきり》先生を見ると、彼女とバッチリと目が合った。

「この間は、ありがとうございました。おかげでこうして参加ができました」

俺が後ろの連中に聞かれないように小声で言うと、真桐先生は、

「いえ、仲直りができて良かったわ」

と、どこか居心地悪そうに、そう返答した。

「……どうしたんですか?」

俺は恐る恐る問いかける。親父《おやじ》のことについて、真桐先生はやはり法廷でまみえるつもりなのだろうかと身構えていると、彼女は少しバツが悪そうにしてから答えた。

「いえ、ただ……」

「ただ?」

俺の方を見ず、彼女はスマホをポケットから取り出した。

そして、俺のスマホが震えて着信を告げるのとほとんど同時に、真桐先生はスマホをポケットにしまった。

「それじゃ、発車するからシートベルトを着けなさい」

言われた通りにシートベルトを着用してから、俺はスマホの通知を見る。

差出人は、真桐先生。

そのメッセージの内容を見て……。

『助手席に男の子を乗せるのは、友木《ともき》君が初めてなのよ』

思わず、俺は彼女の横顔を見る。

すぐに視線に気が付いた真桐先生は、横目でこちらを窺《うかが》いながら言う。

「あまり、じろじろ見ないでもらえるかしら?」

不満そうな表情を浮かべている真桐先生。

ただ、その横顔が朱色に染まっていたのを見て、なんだかんだで照れているのが分かった。

どうやら親父のことを訴える気はないらしく、俺はホッとした。

「そうします。真桐先生が運転に集中できないのは、困りますからね」

少し意地悪にそう言うと、

「もう。友木君、最近生意気すぎじゃないかしら……」

真桐先生は顔を赤くしたまま口を尖《とが》らせて言う。

俺たちを乗せた車は、ゆっくりと発進した。

車内は和やかな雰囲気だ。特に、竜宮はとても楽しそうに池と冬華に話しかけていた。

池はそれに笑顔で応え、冬華は塩対応をしていた。

それでもめげずに、竜宮は冬華に話しかける。彼女は中々強靭《きょうじん》なメンタルの持ち主らしい。

俺はというと、真桐先生に時折気晴らしに話を振り、彼女と軽く言葉を交わしていた。

そんな感じで2時間ほどが経《た》ち、車は高速を下りて、山道を登っていく。

「そろそろね……みんな、お疲れ様。もうすぐ目的地に着くわよ」

真桐先生の言葉に、俺たちは窓から外を見る。

今回の目的地は、某県の山中にある、廃校となった小学校をリノベーションした宿泊施設だ。

以前は校庭だった駐車場に、ミニバンを停車させる。

車から降り、各々荷物を持って校舎へと向かう。

「すっごい田舎……てゆーか、山ですねー」

「そうだな。一番近くのコンビニまで、車で30分らしいぞ」

「うっわー、やばー」

隣を歩く冬華とそんな話をしていると、校舎に辿《たど》り着いた。

そこには、人の良さそうなおっさんがいた。おそらくここのスタッフなのだろう。

「ようこそ、この『自然学校三倉《ミクラ》』のスタッフの山本《やまもと》です。何人かスタッフはいるけど、君たちとメインで関わるのは僕になるので、よろしく。……おや、生徒だけかい？　引率の先生は？」

と、おっさん改め山本さんが困惑を浮かべた。

「初めまして、私が引率の真桐です。こうして直接ご挨拶をするのは初めてですね。二日間、よろしくお願いいたします」

と、笑みを浮かべてはいるものの、固い声音で真桐先生が言った。きっと、先生扱いされなかったのが不満だったのだろう。

「これは失礼！　とても若々しいので先生とは思わず。僕くらいになると、大学卒業しての先生と高校生の違いっていうのは、中々分からなくってね。お気になさらず」

あはは、と悪びれた様子を見せず、笑う山本さん。お気になさらずって、真桐先生のセリフじゃ……と思っていると、山本さんは続けて言う。

「それじゃ、施設内の簡易な地図を渡すから、各自の部屋に荷物を置いてきてね」

ほい、と渡される一枚の紙。

男子は一階にある旧1年1組の教室で、女子三人は二階にある旧2年1組、真桐先生は旧2年2組の教室という部屋割りだった。

「……それでは、各自の部屋に荷物を置き、お手洗いを済ませてから15分後にここに再集合をしましょう」

と、生徒扱いされたことが未《いま》だに不満な様子の真桐先生がそう言った。

俺たちはその言葉の通りに、各自の部屋に、荷物を置いた。

それから、男子三人で先ほどの場所に戻る。そこには山本さんがいて、俺の顔を見て一度びくりとしてから、あははと愛想笑いを浮かべる。

あからさまに嫌な顔をしないあたり、この人適当だけど普通に良い人なのかもな、と思った。

女子と真桐先生は、俺たちの到着から少し遅れて、集合場所に来た。

「さて、みんな揃《そろ》ったわね。それでは早速だけど、これからウォークラリーを行います」

全員が揃ったことを確認してから、真桐先生が言う。

それから、山本さんが俺たちに、またしても一枚の地図を手渡してきた。

彼はそのまま、説明を始める。

「今みんなに渡された付近の地図に記載されたチェックポイントごとに、課題が用意されています。二チームに分かれて、その課題を解き、もう一度この場所に戻ってきてもらいます。ちなみに、設定時間は1時間半。これは制限時間ではないので、どれだけ1時間半に近い時間で帰ってこられたかが、ポイントになります。もちろん、課題にも配点があるので、張り切って解いてくださいね」

この辺は、あらかじめもらっていた資料に記載があった通りだ。

時間は分からないように、あとで真桐先生がスマホや時計などの時間を確認できるものを預かることになっている。

「それじゃ、組み分けだけど。生徒会の四人は一緒の方が良いね。君たちの連携力を高めるのが、この合宿の主たる目的であるわけだし」

「あ、それじゃ私と先輩は二人っきりってことですかー？」

と、山本さんに問いかけたのは冬華《とうか》だ。

「いいえ、あなたたちには、私が同行します」

そう言ったのは、なんと真桐先生だった。

「……そうなんですかー」

どこかつまらなそうに冬華は言った。

「それじゃ、何か質問はないかしら？　なければ、私にスマホや時計を預けてもらえるかしら？」

真桐先生の言葉に全員が頷《うなず》き、そして彼女の用意したポーチの中に入れた。

「そしたら、学校を中心に、時計回りにスタートするのが生徒会チーム。反時計回りに、真桐先生チームがスタート。1分後に僕が合図をするから、出発してください」

そう言ってから、山本さんは左手に持ったストップウォッチに視線を落とした。

「よろしくお願いしますねー、先輩、真桐センセ？」

「おう」

「こちらこそ、よろしくね」

冬華の言葉に、俺と真桐先生が答えてから……。

「よし、それじゃ、スタート！」

山本さんが宣言したことで、ウォークラリーはスタートした。

「それじゃ、またあとで」

池《いけ》が俺たちに向かってそう言い、俺も首肯して応じた。

親睦や連携力を高めるための、ちょっとしたゲームだ。

リラックスして臨もう。

冬華もそう思っているのか、朗らかに笑いながら俺の隣を歩いている。

それから、真桐先生に向かって声をかけた。

「真桐先生、やっぱいつものスーツ姿じゃないし、メイクもいつもよりナチュラルだから、若く見えますよねー。セーラー服着ても、セーフなんじゃないですかぁ？」

真桐先生のセーラー服姿……。

少し、見てみたいな。俺がそう思っていると、真桐先生は深くため息を吐《つ》いてから言う。

「先生に向かって、失礼じゃないかしら池さん？」

「えー、若く見られた方が嬉《うれ》しくないですかー？」

「社会に出ると、若く見られること＝良いこと、とは限らないのよ。中には若いというだけで侮ってくるような人もいるのだから」

……だから、真桐先生は普段は大人っぽい化粧をして、服装もバッチリ決めているのだろうか？　そんな風に、俺は思った。

「嫉妬してるんじゃないですかー、その人？」

呑気《のんき》な冬華の言葉に、真桐先生は意外にも優しい眼差《まなざ》しを向けてから、言った。

「いえ、あなたたちにはまだ早い話だったわ。気にしないでちょうだい」

冬華は、「はーい」と返事をした。

そんなことをしているうちに、最初のチェックポイントに到着した。

場所は神社。階段を上った鳥居の前に看板があり、そこに課題があるらしい。

俺たちは階段を上り、看板の内容をチェックする。

『今上った階段は、何段あったでしょうか？』

課題自体は簡単なものだった。

俺たちは下りながら段数を数え、それを紙に書き込んだ。

こういった課題が続くのだろうか？

それならば、連携力が高まるほどでもないような……と思ったが、目的を持って1時間半も歩き続ければ、自然と連携力は高まるのかもしれないな、とも思った。

俺たちは次のチェックポイントに向かうことにした。

☆

それから1時間と少し経過し、無事にゴールである校舎に辿り着いた。

ゴールでは山本さんが「お疲れ様」と声をかけ、俺たちにコップに入った麦茶を配ってくれた。

そして、少し遅れてチーム生徒会も到着。

同じように飲み物を配り、各々のチームから課題を解いたペーパーを回収。

二チームしかないため、山本さんがその場でサクッと採点をしながら、「うん、両チームとも満点だね」と嬉しそうに呟《つぶや》いた。

それから続けて、

「それなら、後はタイムなんだけど……真桐《まきり》先生チームが、1時間28分48秒、惜しいね！」

おー、と俺たちはその結果に驚く。

すごいな、ほとんど設定時間通りだ。そう思ったが。

「でも生徒会チームはもっとすごいよ！　1時間30分ぴったりだ！　文句なしの勝利です、おめでとう！」

山本さんがそう言ってから、拍手を送る。

やってみて分かったのだが、時計もないのにジャストの時間に辿り着くのは、普通はできない。

恐らくたまたまなのだろうが……流石《さすが》は、池。持ってるな。

俺は喜ぶ生徒会チームを見て拍手を送り、確かに連携力は高まっただろうな、と思った。

☆

既に、時刻は夕方に迫っていた。

場所を中庭に移し、ここからは二つ目のプログラムだ。

真桐先生が俺たちに対して宣言する。

「それでは、皆さん。これから飯盒《はんごう》炊さんをします」

晩飯は、このメンバーでカレーとサラダを作ることになっていた。

「食材は用意してあるし、薪《まき》も用意してありますが、薪割が必要なので、注意してください。火のおこし方が分からなければ、山本《やまもと》さんに聞いてください」

「薪割も火をおこすのも、僕がしっかり見ておくからね」

真桐先生が山本さんに視線を向けると、彼はにぃっと笑みを浮かべて言った。

「……それでは、美味《おい》しいカレーが食べられることを、期待して待っているわ」

真桐先生が穏やかに笑いながらそう言った。

それから、俺たちは役割分担を決めるために、一度集まる。

「飯盒炊さんなんて、小学校の宿泊学習振りなんで、上手《うま》くできるか不安ですねー」

冬華の言葉に、「上手にできるように、みんなで頑張りましょう」とにこやかに笑う竜宮《たつみや》。

「さて、役割だが、どうしようか？」

池が言うと、

「まずカレー班と飯盒炊さんの二つに分かれましょう。薪割は田中《たなか》先輩と友木《ともき》さん。その間に、鈴木《すずき》さんにはお米を研いでもらい、飯盒を火にかけたら、様子を見るのを友木さんにお任せして、田中先輩と鈴木さんでサラダを作ってもらい、カレーを作るのは、私と会長、冬華さんで……というのは、どうでしょう？」

竜宮がそう提案すると、

「僕は竜宮さんに賛成だよ」

「私も、それでおっけーですー」

田中先輩と鈴木がその提案を快諾。

「……うーん」

冬華だけが渋い表情をして、俺を窺ってきた。

「どうした、冬華?」

冬華は俺に弁当を作ってくれたこともあり、料理ができないわけではない。

なのにどうして悩んでいるのだろうか?

……そんなに竜宮と同じ班が嫌なのだろうか?

「……いえ、なんでもないです。私もこの役割分担で、問題ないです」

「それなら、これから調理を始めようか」

「よろしくお願いしますね、会長。冬華さん」

うっとりとした表情で池と冬華に言う竜宮。

そういえばこいつ、短時間で一人勝ちな班決めをしたな……。

竜宮の老獪《ろうかい》さに、俺は畏敬の念を抱いたのだった。

それから、山本さんの監視の下、田中先輩と薪割をし、それから火をおこした。

「おおっ、友木君。火をおこすのがすごく上手だね。アウトドア趣味があるのかい?」

「いえ。漫画とユーチューブで知っただけです。意外と上手くいって、自分でも驚きました」

ゆるいキャンプ漫画と芸人の武骨なキャンプ動画で得た知識をフル稼働した結果、田中先輩から感心された。

「へー、そうなんだ」

「ホント、友木君上手。田中先輩、インドアだから仕方ないですよ……」

と、飯盒を持ってきた鈴木が言った。

彼女は「ご愁傷様」と言って田中先輩の肩を優しく叩《たた》いた。

「酷《ひど》い言いようだなぁ……。さて、僕たちはこれからサラダを作ろうか」

「そですね。それじゃ友木君、よろしくね」

二人はそう言って、炊事場へと向かった。

仲良いな、あの二人。そう思いつつ彼らの背中を見送ってから、俺は火の番に徹した。

それから、池を中心として調理は順調に進み、無事にカレーが出来上がった。

山本さんも含め、全員にカレーを取り分け、食べてみると……、

「……美味《うま》っ」

飯盒炊さんとは思えないクオリティのカレーだ。これは、恐らく池の手腕によるものだろう。

「会長、料理まで……素敵」

と、竜宮が惚《ほう》けた表情で呟いていているので、間違いないと思う。

☆

それから、各々シャワーを浴び、就寝までの間、自由時間となった。

他のメンバーは部屋で田中先輩の用意したボードゲームなどで遊ぶようだったが、俺は一旦、外に出ることにした。

昼間に比べ、ずいぶんと涼しくなっていた。

虫の鳴く声を聞き流しながら、俺は満天の星を見上げる。

星々が瞬き、その中でもひときわ目立つ夏の大三角。

それを眺めつつ、俺は疲労を感じていた。

肉体的な疲労は、大したことはない。

ただ、小中学校の宿泊行事では単独行動ばかりしていた俺には、こうして一日中誰かと一緒にいた経験がなかった。

好意的な相手ばかりとはいえ、どうしたって気を遣う。

多分、俺が疲れているのは、そういうことなのだろう。

そんな風に考えていると、

「冷たっ！」

突然、俺の頬にキンキンに冷えた缶が押し当てられた。

「あはっ、びっくりしすぎじゃないですか、センパーイ？」

そう言ってから、俺の隣に腰を下ろしてきたのは冬華《とうか》だった。

「どーぞ。コーヒーはなかったので、ジュースですが」

「いや、問題ない。ありがとう」

そう言ってから、差し出された缶を受け取る。

「それじゃ、カンパーイ」

と、俺の缶に自ら持っているそれをぶつけてくる冬華。

俺は一言「おう」と応じた。

冬華は、ジュースを一口含んで、俺の表情を窺《うかが》ってから問いかける。

「……疲れちゃいましたか、先輩？」

「ああ、少しな。……冬華は、みんなといなくて良いのか？」

俺が問いかけると、冬華は穏やかに笑ってから言う。

「良いんですよ。生徒会じゃない私にとってはちょっとしたアウェーみたいなものですし。

それに……先輩と、もっとお話ししたいですし」

冬華の言葉に、俺も笑う。

コミュ力お化けの冬華と雖《いえど》も、もしかしたら少しは疲れているのかもしれない。

「そういえば、カレー作りの班分けで渋っていたように見えたけど、そんなに竜宮と一緒は嫌だったのか？」

「あー、あれですか。……聞きたいですか？」

挑発的な視線を俺に向けてくる冬華。

「差し支えなければ」

「先輩と一緒に作業したかったんですよ。でも、私がべったりくっついてたら、他の人と先輩が仲良くなる邪魔になっちゃうかもなって、ちょっぴり考えたんですよ」

得意げな表情でそう言ってから、

「……嬉《うれ》しいですか？」

と、あざとい笑みを浮かべて問いかけてきた。

「……ということは、竜宮と一緒なのが嫌ではなかった、ということか」

「もー、先輩の意地悪！　そこは素直に嬉しいって言ってくれなくっちゃ、可愛《かわい》くないですから！……まぁ、確かにあの人と一緒の作業はちょっと抵抗ありましたけどー」

と、ぽろっと本音をこぼした冬華。

それから、彼女は無言になって、不意に夜空を見上げた。

俺もつられて、同じように見上げる。

しばらくの間、そのままだったのだが。

「……良かったです、先輩と一緒に、ここに来られて」

隣で冬華がそう呟《つぶや》いた。

それから、彼女はゆっくりと続ける。

「私は、先輩と修学旅行とか、一緒に行けないので。……こうして一緒にお泊りができて、本当に楽しかったです」

その真剣な声音を聞いて、俺は隣に座る冬華を見た。

彼女は、真《ま》っ直《す》ぐにこちらを見ていた。

「先輩は、楽しかったですか？」

そして、微笑《ほほえ》みを浮かべて問いかけてくる冬華。

俺はその視線と笑みに、無性に気恥ずかしくなる。

「俺も、楽しかった。きっと、冬華がいたからだな」

俺の言葉に、冬華はこちらを上目遣いに覗《のぞ》き込みながら、告げた。

「おやおや先輩。これは確実に私を口説き落としに来てますよね？　とうとう私のこと、好きになっちゃいましたか？」

甘い猫撫《ねこな》で声で言う冬華。

全力で揶揄《からか》ってくる彼女に、俺は肩を竦《すく》める。

「そういうわけではないが」

俺が言うと、「ほーう」と呟いてから、俺の手を取り、それから自分の頭の上に乗せた。

触り心地の良い髪の毛を、俺は反射的に梳《す》いた。

「……どうした？」

単純に抱いた疑問を問いかけると、彼女はニヤリと笑い、俺に向かって答えた。

「先輩は私の恋人なので、夜空の下、こんな風に良い雰囲気になった時は、優しく頭を撫でるくらいのことをしてもらわなければ困るんですけど？」

彼女の言葉を聞いて、これは俺を惚《ほ》れさせるための行動の一環なのだと理解した。

それでも、頭を撫でさせても良いと思うくらい信頼されているのは、嬉しいことだと思った。

「それじゃ、まぁ。仕方ないか……」

いつものように、『ニセモノ』の恋人だけどな、と茶化すことなく、俺は彼女の艶やかな髪を撫でる。

「な、なんだかいつにも増して素直ですね……っ！」

急に照れくさそうになった冬華を見て、俺も焦る。

「や、やっぱり嫌だったんじゃないか？」

思わず、俺は冬華の頭から手を離しそうになったが、

「は、はぁ？　そんなわけないいんですけど!?」

と、俺の手を押さえたのは冬華だ。

互いに視線が交差し、そして……背けた。

無性に気恥ずかしいのは、お互い様のようだ。

無言のまま時間は過ぎる。だが決して居心地は悪いわけではなかった。……俺はもう一度、彼女の髪の毛を優しく梳いた。

また揶揄われるかとも思ったが、冬華は何も言わなかった。

不思議なことに、先ほどまで感じていた疲労は、いつの間にかなくなっていた。

11．別れ

翌日。

午前7時に起床。

中庭に集合し、全員が揃《そろ》ったところでラジオ体操をしてから、朝食をとる。

献立はおにぎりと豚汁、卵焼きという素朴なメニュー。

おにぎりは塩むすびというシンプルさだったが、卵焼きと豚汁と組み合わせることを考えれば、これが正解だと俺は思う。

実際、とても美味《うま》い。

男子陣が朝から勢いよく食を進めていると、

「あっはっは、男子は美味《おい》しそうに食べてくれるねぇ！　僕も作った甲斐《かい》があったよ。お代わりあるから、どんどん食べてね」

快活に笑いながら、山本《やまもと》さんは言う。

なるほど、この朝食は山本さんが作ったのか……。

俺の中で山本さん株が急上昇した瞬間だった。

朝食の片づけを済ませてから、俺たちは場所を移動する。

今日は昼まで教室を一つ使い、議論を行う予定になっている。

議題は「学校生活に関する問題点と、それらの改善について」だ。

生徒会役員と真桐《まきり》先生だけでなく、俺と冬華も参加をすることになっていた。

教室に着くと、池《いけ》が司会を務めながら、議論が始まった。

時折、一般生徒としての意見を求められることがあったが、正直言って学校生活に不便を感じる以前の問題である俺は、「それな」と答えることしかできなかった。

隣に座る冬華はといえば、発言を求められるたびに、生徒会役員以外の生徒としての代表的な意見を発言し、それをきっかけにして皆は議論を白熱させていた。

俺とのコミュ力の差を見せつけられ、感心しながら冬華の横顔を見ていると、少しムスッとした表情を浮かべて彼女は言った。

「あの、先輩。こっち見すぎなんですけど……」

「ああ、悪い」

俺は素直に謝り、視線を外す。確かに、じろじろと見すぎだったかもしれないと、反省をする。

しかし、冬華はなおも面白くなさそうな声で、ボソッと呟いた。

「や。別に、嫌ってわけじゃないんですけど、普通に恥ずかしいので……」

その言葉に、俺はまた彼女を見た。

綺麗《きれい》な茶髪の毛先を指先で弄《いじ》りながら、視線は俺と合わせないように、そっぽを向いている。

昨日は少々テンションが上がっていたが、改めて思い返すと、それなりに照れくさいことをしていたようにも思う。

……なんだか俺も照れくさくなってきた。

俺は「そうだな」とただ一言だけ、答えるのだった。

☆

それから熱い議論をしばらく交わした後、終了した。

俺は終始話し合いに入り込めなかったのだが、生徒会役員の学校運営に対する真剣さは、外野の俺にも十二分に伝わった。役立ちそうな意見が言えなかったことが残念だったが、役員を見ると、全員が気力に満ちた表情をしていたので、有意義な場になったのだろう。

昼時になり、教室を移動すると、既に昼ご飯の準備ができていた。

献立は、川魚の塩焼きと、山菜の天ぷら。そしてそうめんだ。

相変わらず、川魚の火入れや、山菜の揚げ加減は、文句のつけようがなかった。

「あはは、まだまだあるからね。どんどん食べてよー」

調理をしたのは、もちろん山本さんだ。

この瞬間、俺の胃袋は山本さんにがっつりと摑《つか》まれた。

☆

そうして、合宿の全行程が終了した。

後は、真桐先生の運転する車で学校に戻るだけだ。

「みんな、お疲れさまでした。帰るまでが、合宿だからね、気を付けるんだよ」

お決まりの言葉を告げる山本さんに、俺たちは別れの挨拶をする。

さらば、山本さん。

俺はきっとあなたとあなたが作ってくれた料理のことを忘れはしないだろう……。

山本さんとの別れの挨拶を済ませてから、今度は車に荷物を載せ、乗り込む。

車内の配席は、行きと同じだった。

俺は真桐先生の隣である助手席に座っていた。

行きと違うのは、合宿の疲れからか、車が走りだしてからしばらくして、俺と真桐先生を除く全員が寝息を立て始めたことだ。

竜宮《たつみや》なんか、隣にいる冬華《とうか》に身体《からだ》を傾けながら幸せそうな寝顔をしている。

「……お疲れ様、友木君《ともき》。あなたも、眠っていて良いのよ？」

運転中のため、前を見ながら、真桐先生が俺に向かって言った。

「俺は別に疲れてないですから」

正直、少し眠たかったが、それでも真桐先生の気晴らし相手くらいにはなっていたいと思った。

「そう」

真桐先生はそれだけ呟いた。

そして、しばらくしてから、再び口を開く。

「……今回の合宿は、どうだったかしら？」

「ご飯は美味かったし、何より、楽しかったです。いい経験になりました」

慣れないことも多かったが、それも新鮮な経験ができて良かったと、今は思う。

昨日冬華に話した通り、疲れてしまった部分もあったが、やはり今回の合宿は楽しかった。

「そう。それなら良かったわ」

俺の言葉を受けて、穏やかな声音で、真桐先生がそう言った。

冬華といい、真桐先生といい、こうして気にかけてくれるのは、非常にむず痒《がゆ》いが。

——やはり、嬉《うれ》しいものだった。

☆

合宿から帰った日の夜、時刻は21時前。

自室でゆっくりしながら料理系ユーチューバーが優勝している動画を見ていると、スマホに着信があった。

真桐先生からの着信だ。

どうしたのだろうか？　そう思いつつ通話ボタンをタップし、電話に出ると……。

「友木君ですか？　真桐です」

と、どこか悲壮感のある声で彼女が問いかけてきた。

「はい。どうしたんすか？」

「今私は、この間の公園にいます。というわけで……集合です！」

震える声で宣言した真桐先生。

「はい？」

「愚痴、聞いてくれるんでしょう？」

と、真桐先生が震えた声で俺に問いかけてきた。

そして、思い至る。

……あー、これ酒入ってるな、真桐先生。

「分かりました、今から行きます」

「待っているわ」

という真桐先生の言葉を受けてから通話をきる。

そして俺は、部屋着のまま、真桐先生の待つ場所へと向かった。

☆

「……待っていたわ」

俺を出迎えたのは、例の告白をした時よりは少々マシな状態の、真桐先生だった。

真桐先生は一人寂しくブランコに座っていた。普段のクールな真桐先生には不似合いと思うが、今のポンコツな彼女には、どうしてかしっくりきた。

「何をやってるんですか」

「酔い覚ましのつもりでブランコをしていたのだけど。……ダメね、揺れのせいでさらに気持ち悪く……うっ！」

そう言って苦しそうに口元を押さえる真桐先生。

……ブランコに乗って自滅するなんて、俺の想像を上回るポンコツだった。

「真桐先生、立てますか？　肩貸すんで、早く家に帰りましょう」

俺は真桐先生《ポンコツ》に手を差し伸べる。

彼女は俺の手を握り、立ち上がる。ふらついて、俺の腕にしがみついた。

「ご、ごめんなさい」

恥ずかしがりつつ俯《うつむ》いて言う真桐先生のその様は可憐《かれん》であったが、思いのほか酒臭かったので魅力は半減していた。

俺は中腰になって、真桐先生に肩を貸し、それから彼女のマンションに向かって歩き始めた。

「まずは、私を褒めてくれるかしら。……手遅れになる前に、あなたを呼んだことを」

「本当に手遅れになるぎりぎりだったみたいですけど。……それにしても、一人でこんなにべろべろになるまで飲んだんですか？」

「失礼ね、そんなに飲んではいないわよ。さっきも言ったけれど、ブランコで酔いがひどくなっただけ」

「そっちの方が間抜けなんですが……」

俺がそうツッコむと、真桐先生は頬を膨らまして、無言のまま非難するように俺を見た。

その様は可憐ではあったが思いのほか酒臭かったのでやはり魅力は半減していた。

……とりあえず、どうして俺が呼ばれてしまったのか、事情を聞くことにした。

「その……愚痴ってなんだったんですか？」

「……分からないかしら？」

顔を赤らめて、非難がましい視線をこちらに向ける真桐先生。

少し考えてみたが……心当たりがなかった。俺は首を横に振って答える。

「私も、……したかった」

ぼそり、と俯きながら真桐先生は呟《つぶや》く。

「……何をしたかったんすか？」

俺が問いかけると、彼女は顔を上げ、俺の目を真《ま》っ直《す》ぐに見てから言った。

「私も、あなたたちみたいな青春がしたかったのっ……！」

涙目で訴えかける真桐先生。

俺は思わず、呆《ほう》けた表情を晒《さら》す。

あの穏やかな表情で『そう。それなら良かったわ』と言ってくれた素敵な真桐先生はどこに行ってしまったのだろうか……、と割と真剣に考えてしまう。

「さて、それではそろそろ帰りましょうか」

遠い目をしながら、俺は真桐先生に言う。

「帰ってるところじゃない」

酔っ払いなのに、真桐先生は冷静に突っ込んだ。それから、彼女は声に圧を込めて語り始めた。

「田中《たなか》君と鈴木《すずき》さんはどうやら良い感じだし、竜宮さんは池《いけ》君と話をしているだけで幸せそうだし。……あなたと池さんだって、良い雰囲気。……みんな、青春し過ぎなのよっ！」

田中先輩と鈴木は、真桐《まきり》先生の目から見ても良い感じなのか。

そう思いつつ、俺は真桐先生の言葉にツッコミを入れる。

「いや、真桐先生は、俺と冬華が『ニセモノ』の恋人なのは知ってるでしょ？」

すると、胡乱気《うろんげ》な眼差《まなざ》しをこちらに向けてから、ムスッとして真桐先生は言う。

「二人きりで夜空を見上げて、身を寄せ合って、頭を撫《な》でていたのは、『ニセモノ』の恋人だから、そうしたのかしら？」

「いや、あれは……ていうか、見てたんですね」

なんと回答をしたら良いか口ごもってから、真桐先生に問いかける。

彼女は呆《あき》れたようにはぁ、とため息を吐《つ》いた。

「……あなたたちを捜しに行った時に、見たのよ」

あれを見られていたのか。なんだか、途端に照れくさくなる。

真桐先生は、こちらを一瞥《いちべつ》してから、続けて言った。

「気分的には、３組のカップルの中に入り込まされた、一人の独身。しかも、私が最年長。うぅ……」

そう呟いた後、

「私は、学生時代男の子とスキンシップはおろか話したことさえ、ほとんどなかったというのに……」

「学生時代の真桐先生は、どんな感じだったんですか？」

話を逸《そ》らせそうだったので、俺はすかさず問いかけた。

すると、考え込んだ様子を見せてから、

「……言いたくないわ。秘密よ」

プイッとそっぽを向いて、真桐先生は言った。

残念なことに、話は逸らせなかったようだ。

「それに……こんなズタボロなメンタルの時に限って、お父さんからはまた結婚の話もされるし」

「そんなに嫌なんすね。お見合いの話とかも来てるんですか？」

俺が問いかけると、真桐先生は俯き、ゆっくりと首を振る。

「ええ。……ただ、それ自体が嫌だと言っているわけではないの。お見合い結婚をして、幸せな家庭を築く人も、たくさんいるのだから。ただ、私は……」

真桐先生は、言おうかどうしようか迷った素振りをしてから、

「一度で良いから、普通に恋愛をしたいのよ」

それから、自虐的な笑みを浮かべてから俺に問いかけてくる。

「ねぇ、友木君。恋人いない歴＝年齢の私を、惨めと思うかしら？」

「――数年前のデータですけど、交際経験のない二十代女性は全体の３割いるみたいで、そう珍しいことじゃないですよ」

俺はスマホで調べたデータを伝える。

「私は友ペディアではなく、友木君自身の意見を聞きたいの！」

「俺本人も、惨めだとは思ってないんですが……。そもそも、俺も恋人いない歴＝年齢なんですが？　というか友ペディアってなんですか？」

「可愛《かわい》い後輩に懐かれ、可愛い幼馴染《おさななじみ》から好意を寄せられている友木君にそんなことを言われても、ねぇ？」

胡乱気な眼差しをこちらに向ける真桐先生。

「あ、もうマンション見えてきましたよ」

真桐先生の住むマンションが見えてきた。これ幸いにと俺は話をきりあげ、歩幅を大きくする。

すぐに部屋に到着した。オートロックを解除してもらい、エレベーターに乗って部屋の前まで送る。

真桐先生からカードキーを借りて、扉を開けた。

「ここまでで大丈夫よ。……流石《さすが》に、そう何度も部屋の中に入るのは……良くないでしょう?」

「ここまで来たらあまりにも今更かとも思いますが……そうですね」

と答えつつ、ちゃんと部屋の中に戻れるか見ていたが、玄関の段階で僅かな段差に躓《つまず》き、手を床についた。

「……余計なお世話だとは思いますが、部屋の中に入りますよ」

俺は早速前言を撤回し、靴を脱ぎながら、フラフラの真桐先生にそう言った。

「あ、ありがとう。よろしくお願いします」

俺は彼女の手を引いて、部屋の中に入った。

それから、無事真桐先生をベッドに腰かけさせる。

「ただいまぁー……」

と言って、ベッドサイドに置かれたジョニーを即座にギュッと抱きしめ、撫でる真桐先生の様子は可憐だったがやはり酒臭かったので以下略。

「それじゃあ俺はこれで…」

俺は部屋を出ようと背を向けたが、

「あのね、友木《ともき》君」

真桐先生に呼び止められた。

「私を惨めと思うのなら……池さんにしたみたいに、私の頭を撫でてはくれないかしら」

すごい時間差できた。その話は終わったものだと思い、油断していた。

「……別に。惨めだと思わないので撫でませんが？」

「……仕方ないわ。それなら――」

真桐先生はベッドから立ち上がり、ふらふらとした足取りで歩き、俺の対面で立ち止まった。

それから、バッ、と手を上げた真桐先生。何事かと思い、俺は彼女の腕を摑《つか》んだ。

「……何をするつもりですか？」

「あなたの頭を撫でるのよ！……当然じゃない!?」

そう叫ぶ真桐先生は本当にポンコツの極み。

「当然じゃないですね。ていうかなぜそんな発想になったんですか……!?」

俺が抗議の声を上げると、真桐先生は無言のまま、潤んだ瞳でこちらを見てきた。

彼女の表情を見て、俺が悪いのかな？　と思ってしまった。……いや悪くないな。

俺のことを潤んだ眼差しで、上目遣いで見る真桐先生。

視線を逸らしてから、一つ深呼吸をする。

それから、真桐先生の手を引き、彼女をベッドに案内した。

「ちょ、友木君……!?」

慌て、戸惑った様子の真桐先生。

その様子は、普段のクールな様子とも、酒に酔ったポンコツな様子とも違い。

……非常に可愛らしく見えてしまい、大変困った。

しかし、俺は頭を振ってから、枕もとに置かれていたジョニーを真桐先生に押し付けてから、言う。

「とりあえず、酔った勢いで俺の頭を撫でたとしても、明日になったら後悔するのが見えてです。今日は帰るので、酔いが覚めてもまだやりたかったら、その時は考えますんで」

と俺は言い、カードキーを手にする。

「あ、鍵を閉めた後ポストに入れておくので、明日回収してください」

その後、真桐先生の言葉を聞かずに、俺は靴を履いて外に出た。

鍵を掛けて、そのままポストに投入。

流石に、いつも見せないあの可愛らしい表情は、お酒のせいで半減していたとしても魅力的すぎて卑怯《ひきょう》だと、帰り道を歩きながら、俺はそう思った。

☆

翌朝。

『昨日は、ご迷惑をおかけして、大変申し訳ありませんでした』

スマホを開くと、メッセージが届いていた。どうやら、昨日のこともばっちり覚えているらしい。

俺は、「はぁ」とため息を吐いてから、

『何か、申し開きはありますか?』

と尋ねた。

『何も、ありません』

『本当に、ごめんなさい』

間髪容《い》れず、立て続けに返信が来た。文面越しに、真桐先生の謝罪の気持ちがひしひしと伝わってくる。

あれだけ酔っぱらっても記憶をなくさないっていうのは、実は俺が思っているより酷なことかもしれない。

……だからと言って、俺が説教をすることに変わりはないが。

もう一度ため息を吐いてから、真桐先生に沙汰を送る。

『言いたいことは色々とありますが。まず一つ、肝に銘じてもらいたいことがあります』

『愚痴りたいことがある時は、酒に逃げる前にしてください』

先ほどよりも返信に時間がかかっている。もしかしたら、俺が次のメッセージを作成中かもと、様子を見ているのかもしれない。

しかし、それもなさそうだと察したのか、

『……流石に、それは迷惑じゃないかしら？』

と、真桐《まきり》先生が送ってきた。

『酒に逃げられた後も迷惑なので、今更だと思わないですか？』

『……返す言葉もありません。情けないです、私は教師で、あなたは生徒なのに』

かなり反省しているような態度だった。

そこまで深刻に考えずとも、と多少思ったが、それを今伝えたとして、この状況の真桐先生が受け止めてくれるとも思わない。

なんと返答しようか迷い、数分が経過した頃。

『……私は、あなたの優しさに甘えたいって、思っているのだから』

真桐先生から、そんなメッセージが送られた。

基本的に、俺は頼られることが少ない。年上の大人からとなると、これが初めてと言えるだろう。

だからだろう。

『普段俺は真桐先生にお世話になりっぱなしなんで。恩返しができるのは嫌じゃないですけど。……俺は』

と、非常にチョロい返答をしていた。

『はい。これからも、頼りにさせてください。……ね、友木先生？』

真桐先生から届いたメッセージを見る。きっと今、スマホの向こう側で彼女は悪戯《いたずら》っぽい笑みを浮かべているのだろう。

……残念なことに真桐先生は、本格的に『友木先生』を気に入ったようだ。

受信したメッセージを見ながら、俺は心中で苦笑するのだった。

12. 幼なじみが絶対に負けない大会

燦々《さんさん》と太陽の光が降り注ぐ。

真夏の暑さに、俺の額を一筋の汗が流れた。

それを拭うこともせずに、コート上でボールを追う彼女の姿を、俺は真剣に目で追いかけていた。

得点板を見ると、マッチポイントだ。

圧倒的な強さで対戦相手を追い詰める彼女は、甘い返球を見逃さずに、打ち上げられたボールをスマッシュ。

それが、最後のショットとなり、見事に勝利をもぎ取った。

「ゲームセットアンドマッチウォンバイ　葉咲《はさき》」

息を整えてから、対戦相手と最後に握手を交わした夏奈《かな》が、ニコリと笑みを浮かべてから、今度は応援席に座る俺を見た。

目が合ったような気がした。

彼女がピースサインを向けてきたことで、それが気のせいでないことに気がつく。

俺は頷《うなず》いてから、サムズアップをして応える。

――今日は、以前約束していた夏奈の応援に来ているのだ。

前回とは違い、俺が一人でこの場所に来ている。

『優児《ゆうじ》君と冬華《とうか》ちゃんが一緒にいると、気になって集中できないんだもん』

と言われてしまえば、二人で来るわけにもいかなかった。

そんな風に考えていると……

「見ててくれた、優児君？」

汗をタオルで拭いながら、試合を終えた夏奈が、応援席にいる俺のところにやってきた。

「おう。お疲れ」

俺が答えると、夏奈は照れくさそうに笑ってから、問いかけてくる。

「ありがと。試合、どうだったかな？」

「強いな、夏奈は。すげぇカッコよかった」

俺が素直に思ったことを伝えると、夏奈はホッと一息ついた。

「良かった。この間みたいに、情けないところは見せないからねっ！」

「おう、楽しみにしてる」

俺がそう言うと、夏奈は満足そうに微笑《ほほえ》んでから、何か考え付いたように、上目遣いに俺を覗《のぞ》き込んでくる。

「あ、それとね」

「どうした？」

「優児君の方が、カッコいいよ？」

夏奈の言葉に、俺は動揺する。

そういうことは、夏奈以外から言われることがないから、どうしても照れてしまう。

「……どう考えても、夏奈の方がカッコいいぞ」

「ううん、優児君の方がカッコいいよ！」

いや、夏奈の方が恰好《かっこう》いいだろう、と俺が照れ隠しも含めてそう返答すると、不意に夏奈が笑った。

「……どうした？」

恐る恐る俺が問いかけると、夏奈が微笑みを浮かべてから、言う。

「ううん。なんだかバカップルな恋人同士みたいな会話だなって、思いました……」

俯《うつむ》きながら前髪を指先で梳《す》きながら、えへへ、と照れ笑いを浮かべる夏奈。

確かに、そんな感じの会話をしていたなと思った俺は、上手《うま》く言葉を返すことが、できずに、

「……次の試合も、頑張れ」

などと、会話の流れを無視して言うことしかできない。

「うん、頑張るから。……私だけを見ててね？」

満面の笑みを浮かべて言う夏奈のその言葉に、俺は中々頷くことができなかった——。

☆

その後も、夏奈は破竹の勢いで勝ち進み、決勝戦。
相手は、前回の大会で夏奈が敗れた選手だ。
それでも、気負った様子のない夏奈は、試合に挑む。
そして……。
「ゲームセットアンドウォンバイマッチ　葉咲」
審判が試合が終了したことを告げる。
そして、コート上の夏奈が、小さくガッツポーズを決めた。
夏奈は前回敗北を喫した相手に勝利し、見事優勝をしたのだ。
屈託なく笑う彼女の表情を見ながら、俺は惜しみない拍手を送った。

☆

——そして、表彰式が終わった。

すでに日は沈んでいたが、それでも真夏の暑さは覚めやらない。

夏奈の「ちょっとお話がしたいな」というリクエストに応え、試合会場から少し離れた、静かな公園のベンチで、俺たちは隣り合って座っていた。

無言のままでいる夏奈に向かって、俺はここに来るまでにも言ったことを、もう一度言う。

「改めて、優勝おめでとう。すごいな、夏奈は」

俺の言葉に、夏奈はニコッと笑みを浮かべてから、答える。

「ありがと。でも、私が優勝できたのは、優児君のおかげだから」

「……俺のおかげではないだろ？」

苦笑しつつ言うと、夏奈は首を振ってから言う。

「私を仲間はずれにして、冬華ちゃんと楽しいお泊り会をした優児君のおかげ。嫌なことは考えないようにって、テニスにだけ集中して、自分を追い込めたおかげなんだから」

ニコニコとした表情を浮かべつつも、夏奈の瞳の奥が笑っていないことに気が付いた。

俺と夏奈は付き合っているわけではないのだから、ここで謝罪をするのも変な話だが、

「お、おう……」

それでも夏奈が傷ついたことに変わりはない。俺は、曖昧に応じることしかできなかった。

「ふふ、嘘《うそ》だよ。半分は、冗談」

「半分は本気なのかよ」

俺がガクリと肩を落とすと、くすくす笑い声をあげてから、夏奈は言う。

「優児君のおかげっていうのは、ホントかな。今まで悩んでいたのも吹っ切れて、テニスにも、恋愛にも、一生懸命になれてるんだから」

「……俺が言うのもなんだが、マッチポンプだよな」

「そだね、優児君が言うのも、なんだかなぁだよ」

おかしそうに笑いながら言う夏奈。

俺は胃が痛くて笑えなかった。

ひとしきり笑い終えてから、夏奈はおねだりをするように、甘えた声で問いかける。

「夏休みはさ、まだまだこれからだよね？」

「ああ、そうだな」

気を取り直した様子の夏奈が、俺に問いかけてくる。

もちろんその通り、夏休みはまだ半分程度残っているのだ。

「私も、優児君と一緒にどこか遊びに行きたいなー」

ちらり、と上目遣いに俺を見てくる夏奈。

俺も、友人である夏奈と一緒に、遊びに行けたら楽しいので、それは全く問題ない。

そういえば、と思い出した俺は、

「それなら、今度一緒に温泉に行かないか？」

夏奈に向かってそう言った。

近いうちに、甲斐《かい》に誘われていた温泉に行くことになるだろう。

折角だし、冬華にも声をかけよう。案外二人は仲が良く見えるので、悪くはないのでは。

「……へ？」

どうしてか、夏奈は呆《ほう》けた表情で呟《つぶや》いた。

「あんまり温泉は興味ないか？」

「そうじゃなくって。……え？　え？」

顔を真っ赤にして、動揺を浮かべる夏奈。

何か変なことを言ってしまっただろうかと、内心ハラハラしていると……。

「い、良いよ！　でもね？　優児君が冬華ちゃんと別れて、私とちゃんとお付き合いをしてからじゃないと……ダメ、だからね？」

潤んだ眼差《まなざ》しで、上目遣いに俺を見る夏奈。

「え？」

……なんの話をしているのだろうか？

そう思った俺は、呆けたようにそう声を漏らす。

「だ、だって！　温泉旅館に二人でお泊りデートってことでしょ!?」

夏奈が俺に、期待の眼差しを向けつつ言ったのを聞いて、彼女がどんなふうに誤解しているのかが分かった。

「すまん、言葉足らずだった。甲斐って後輩から一緒に温泉へ行こうって誘われてな。その時に、冬華もついてくることになってるから、一緒に夏奈も来てくれたらと思って」

「……へ？」

俺の説明を聞いた夏奈が、呆然《ぼうぜん》とした様子で呻《うめ》いた。

「普通に考えて女子を温泉に誘うとか、セクハラだな……。すまん」

「ま、待って！　そういうことなら、私行くからっ！　何も問題ないから」

必死の表情で告げる夏奈に、

「お、おう。行く時は、予定聞くから」

と、俺が答えると、夏奈はムスッとした表情を浮かべつつ俺を見る。

「……ホント、優児君は悪い男の人だよね。女の子の私に、こんなに恥をかかせたんだから」

熱っぽい眼差しを俺に向け、夏奈が言う。

彼女が誤解したまま何を言ったか、その意味を察していた俺は、途端に顔が熱くなるのを自覚した。

「……悪い」

俺が言うと、夏奈《かな》が俺に寄りかかってきた。

「悪いと思ってるなら、私が良いって言うまでこのままいさせてくれるかな?」

「……暑いから――」

離れるぞ、と続けようとすると、夏奈が人差し指を俺の唇にあて、言葉を遮った。

「ダメだよ、何も言わないで?」

上目遣いに俺を窺《うかが》いつつ、夏奈は言う。

この場から無理矢理離れるのは、とても悪いことをした気になってしまう。

だから、無性に気恥ずかしくなるものの、しばらくの間、俺はそのままの体勢で耐えることとなった。

夏奈の表情を窺うと、満足気に微笑んでおり。それを見て俺は、顔がことさら熱くなるのを自覚するのだった――。

13. 驚愕

「先輩……すごく、大きいです」

微《かす》かな息遣いが耳に届く。

俺の身体《からだ》を見て、どこか興奮したような声で言った。

「そうか？」

俺の言葉に、頷《うなず》いたのが気配で分かる。

「それじゃ……いきますね？」

「おう」

どこか覚悟を決めたようなその言葉に、俺は首肯する。

「固い……」

俺の身体を擦《こす》りつつ、短く言葉を漏らす。

「そうか？

……まぁ、鍛えているからな」

そう言ってから、俺は続けて言う。

「甲斐も、入学した時に比べて、ずいぶんと身体を鍛えたよな」

懸命に力を入れているのか、背後から呻き声を漏らす甲斐に、俺はそう声をかけた。

「そ、そうですかね……へへ、友木《ともき》先輩みたいになりたくて、頑張ったんす、俺」

「そうか。その身体を見れば頑張ってたことは一目瞭然だ」

少し前に比べて、随分と筋肉がでかくなっているように見える。

「よし、次は俺の番だ」

俺は振り返り、甲斐に言った。彼は上目遣いにこちらを見てから、答える。

「優しくしてくださいね？」

「ん？　おう、善処しよう」

それから、俺は、ゆっくりと、あまり力を入れずに甲斐の背中に手を置いた。

「っあ、良いです……」

もう少し強めにしてもよさそうだな。

「……んっ、激しいっ！」

はぁはぁと息を荒らげる甲斐。むぅ、中々加減が難しいな。俺がそう思いつつ、続きをしようとしたところ、

「……何をやってんだ、お前ら？」

呆然とした表情で、唐突に朝倉《あさくら》が問いかけてきた。

「何って。一緒に温泉に来たんだから、背中の流し合いくらいしても不思議じゃないだろう。そうだ。折角だし、朝倉も一緒にどうだ？」

俺たちは今、朝倉、甲斐、夏奈、冬華、そして池《いけ》と一緒に、日帰り入浴もできるとある温泉宿に来ていた。

周囲を見ても、他の客はおらず、貸切状態だった。

「……そうだな。お言葉に甘えて、背中を流してもらおうか」

俺の問いかけに、朝倉が応じる。甲斐の背中をさっと流すと、甲斐はどこか残念そうな表情を浮かべてから、

「……ありがとうございました」

と言ってから立ち上がり、湯船に向かった。

そして入れ替わりで、朝倉が俺に背中を向けた。

「頼んだ」

「ああ」

一言応じてから、朝倉の背中をボディタオルで擦り始める。

「それにしても、甲斐はよくこんなところを見つけられたよな」

「サッカー部の奴《やつ》から聞いたんだってよ。穴場の日帰り温泉施設があるって」

いかんせん場所が不便だ。駅からバスに乗り、さらに数分歩かなければならない。

その上外装は古臭いし、駅の近くには人気の温泉宿があるしで、そこに客を取られた結果がこれなのだろう。

経営は大丈夫なのだろうか……と、俺はいらぬ心配をしてしまう。

「……なぁ、友木。折角こうして裸の付き合いができたんだ。腹を割って話そうじゃないか」

朝倉が唐突にそう語りかけてきた。

「そういうのも、良いかもな」

友人とともに温泉に入り、腹を割って話す。

憧れるシチュエーションだった。

「質問がある。その返答次第では……俺はお前をぶん殴ると決めている」

朝倉の固い声音が、耳に届いた。

真剣さが感じられるその声音に、俺はただ事ではないと察した。

「……なんだ?」

しばし逡巡《しゅんじゅん》したような気配が朝倉の背中から伝わる。

それから、朝倉は俺に問いかける。

「友木は、冬華《とうか》ちゃんと葉咲《はさき》に、二股をかけてるんじゃないか？」

朝倉の言葉に、

「え？　してないが」

と、俺は事実を答える。

どうしてそんなことを問いかけてきたのだろうかと思っていると、

「シラを切ろうとしてるんなら、無駄だぞ？……俺、この前公園で、友木が葉咲と寄り添ってイチャイチャしているところを見たんだからな。まるっきり恋人のテンションだったぞ、あれは」

この間の大会の帰りでのことだろう。あの様子を見られてたのか……。

震える声で問いかける朝倉になんと答えれば良いかと思案してから、俺は気づく。

「ホントに、良い奴だな。朝倉は」

「……何を言ってるんだ、友木。話を逸《そ》らそうとしてるんだったら――」

怒気を孕《はら》んだその声音に、俺は首を振る。

「冬華と葉咲のためを思って、俺が浮気をしていたら許せないって思ったんだろ？　それに、自分が見たことだけで決めつけるんじゃなくて、俺にもちゃんと事情を聞こうとしてくれた。だから、良い奴だよ、朝倉は」

「……結局、どうなんだよ」

「俺は、二股をしていない。……夏奈には以前、告白をされていたんだ。だけど俺は、冬華の恋人だから、付き合えないって断った」

俺の言葉に、朝倉は再び問いかけてくる。

「それ、おかしくね？　葉咲は未《いま》だに友木にアプローチしているし、友木が葉咲と寄り添うのも、説明がつかないだろ？」

「自分で言うのも恥ずかしいことだが。……夏奈は、一度振られたくらいで諦めるつもりはないらしい。あと、俺が夏奈と寄り添っていたのは、失礼なことをしたお詫《わ》び……みたいなものだったんだ」

俺は事実を伝える。

すると、わずかに考えてから、朝倉は口を開いた。

「分かった。友木は、冬華ちゃんの恋人で、別に葉咲と浮気をしているわけではないし、きちんと告白も断っている、ってことで良いんだよな？」

「ああ、そうだ。……分かってもらえて、助かる」

振り向いた朝倉の横顔が見えた。

……絶望の表情を浮かべていた。

「分かった、友木の事情は、よーくな」

朝倉はそう言ってから、ガシッと俺の肩を摑《つか》んだ。

「……朝倉、どうした？」

「なぁ友木……やっぱり、ぶん殴っても良いか？」

おそらくお湯なのだろう。

俺の肩を摑むなりそう言った朝倉が、涙を流しているように見えたのは、きっとそのせいなのだろう——。

☆

温泉から出て、俺たちは和室の休憩スペースにいた。

ここも、当然のように貸切だ。

マッサージチェアに座りながら、朝倉が俺に話しかけてくる。

「悪かったな、友木。ついかカッとなって、な……」

「気にすんなよ。……友達だろ？」

友木……、と朝倉は呟《つぶや》いてから、

「……懐の広さを見せられると、男としての格の違いを見せつけられるようで、それはそれでショックだな」

遠い目をしてから、落ち込む朝倉。……朝倉の男心は繊細なようだ。

「あまり深く気にするな、朝倉」

そう言って朝倉の肩を叩《たた》き、フォローをしたのは池だ。

「夏休み中でも、一緒に竜宮《たつみや》という美少女副会長と楽しく登下校している池に言われても、なんのフォローにもならないっての……」

白目を剝《む》き、息も絶え絶えな様子で朝倉は言った。

「竜宮と登下校するのは、生徒会があるから時間が重なりやすいだけなのだが……それが、何か関係があったか？」

ポカンとした態度で池が言う。

その言動に、朝倉は絶望を濃くする。

俺は彼の肩に手を置いてから、視線を合わせてゆっくりと首を振る。

この鈍感系主人公の言うことを、恋愛面でまともに聞いてはいけないぞ、という意味を込めて。

「……彼女欲しい」

朝倉は両手で顔を覆い、震える声でそう呟いた。

「優児《ゆうじ》先輩！　お待たせしました！」

「やっぱり、男の子はお風呂の時間って短いねー」

そんなやり取りをしていると、声がかけられた。

見ると、一緒に来ていた冬華と夏奈《かな》が、温泉から上がり、こちらに向かってくる。

二人とも、宿に備え付けられていた浴衣に着替えていた。日帰り客にも、館内着として無料で貸し出している。

普段と異なり、髪を纏《まと》め、結っている二人。

まだ乾ききっていないのか、二人ともわずかに髪が濡《ぬ》れていた。

いつもと違う雰囲気に、俺は思わずどきりとした。

「ねぇ、隣の部屋に卓球台あったんだけど、あれって使って良いの？」

冬華が甲斐《かい》に問いかける。

「ああ、受付でラケットも借りられる」

「それなら、ちょっと遊んでいくか」

甲斐の説明を受けて、池が皆に向かってそう声をかけた。

誰からも異論がなかったため、部屋を移動する。

そこには、卓球台が二台置かれていた。

「ラケットとボール、借りてきましたよ」

そう言って、甲斐がラケット6本とピンポン玉4個を持ってきてくれた。

俺たちはお礼を言って、ラケットを受け取る。

すると、池が気軽に問いかけてくる。

「なぁ、優児。良かったら試合をしないか？」

「ああ、もちろん。一台先に使って良いよな？」

俺が他の面子《メンツ》に問いかけると、

「良いですよっ！　私は先輩の応援をしておくので！」

「うん。私、優児君の応援しているから、頑張ってね！」

「俺、友木《ともき》先輩の応援しますんで、……もう一台は使わないすね」

冬華と夏奈、甲斐が続けて言う。

そんなに見られると照れるのだが……。

「俺はどちらの応援もしたくないから、審判をする！　覚悟しろよ二人とも……！」

ぎらついた眼差《まなざ》しで俺と池を睨《にら》む朝倉《あさくら》が言った。

「……なんでこんなにアウェーなんだ？」

肩を竦《すく》めて言う池が卓球台の前に立ち、試合が始まるのだった。

☆

試合は俺の敗北だった。

途中までは良い試合をしていたと思うのだが、池が極限の集中状態であるゾーンに入った途端、まるで歯が立たなくなった。

「やっぱ強いな」

「俺はこれでも、卓球を齧《かじ》っていたこともあるんだがな。最初のうちは負けるかもとヒヤヒヤしていたぞ」

互いの健闘をたたえ合う俺たち。

「お疲れ様です、先輩！　はい、タオル使ってください♡」

池《いけ》との激戦を終え、汗だくになっていた俺に、冬華がタオルを差し出してくれた。

「おう、助かる」

俺はそれを受け取り、汗を拭った。

「これが、私の越えなくちゃいけない女の子。あざとい……」

深刻そうな表情で、夏奈が呟いたのに気が付いた。

……が、見なかったことにする。

「今度は、ペアでやりましょ？　私、優児先輩とペア組みます♡」

「ううん、優児君。私とペアを組んで欲しいな」

俺が答える間もなく、二人は言い合いを始めた。

その様子を見た朝倉が、悔しそうに歯噛《はが》みをしてから、池に問いかける。

「……池、俺と少し打ち合ってくれるか？」

「もちろん良いぞ」

その問いに、池が答えた。

朝倉も見ているだけはつまらないのだろう。

「私がペア組みますから！」

「そんなの納得できないよ！……卓球勝負で決着つけよ!?」

冬華《とうか》と葉咲《はさき》が互いに言い合っていた。ここまでくると逆に仲良しじゃないだろうか、俺はそう思った。

それを尻目に、池との試合で汗だくになった俺は、もう一度汗を流しに行こうと思った。

「俺、もう一回風呂に入ってくるから」

「じゃあ、俺はまた先輩の背中を流しに……」

俺の言葉に、甲斐が満面に笑みを浮かべて反応するのだが……。

「あんたは私たちの審判。分かった？」

冬華に審判を押し付けられた甲斐は、

「そりゃないぜ……」

トホホ、と悲しげに呟くのだった。

☆

それから、俺は風呂場に向かうのだが、暖簾《のれん》を手にした爺《じい》さんが、男湯と女湯を掛け替えていた。

「午前と風呂場が違うんですか？」

気になった俺が問いかけると、こちらを振り向いた爺さんが言う。

「本当は今朝変えなくちゃいけなかったんじゃが。忘れちゃったから、今したんじゃよ。そんなに怖い顔をしなくても良いじゃろうに。最近の若者は、忍耐が足りんのう……」

その爺さんが、不満を浮かべつつ俺に向かって言う。

俺は別に怒ったわけではないんだけど……。

そう不満に思うものの、文句を言っても仕方がない。

俺は、先ほどとは違う入口から脱衣所に入る。それから服を脱ぎ、風呂場に足を踏み入れた。

汗をシャワーで流してから、露天風呂へと移動し、湯船に目を向ける。粘り気の強い、濁ったお湯だ。

入るのを楽しみに湯船に向かうと……。

目の前には、信じられない光景があった。

「え、……友木君？」

その戸惑ったような声が、静寂な浴室内に響いた。

俺は顔を上げて、その声の主を見た。

「こんなところで、何をしているのかしら、友木君は？」

引き攣《つ》った表情で、怒りと羞恥を湛《たた》えた真桐《まきり》先生が、どうしてか温泉に浸《つ》かりながら問いかけていた。

「……は？」

意味が分からず、俺は現状を把握することが全くできなかった。

今の俺の頭の中は、たった一つの疑問に占められていた。

――なんでここに先生が!?

真っ赤になった真桐先生に睨まれながら、真っ白になる頭。

俺は何も言うことができないまま、そう思うのだった……。

14. 学生時代

「友木君……とりあえず、出て行ってもらえるかしら?」

固い声音で、真桐先生は言う。

俺はその言葉に頷《うなず》いて、とにかくこの場から逃れようと思い、脱衣所に向かうのだが
……。

「相変わらず、ここは人が少ないのう」

「不便じゃし、店主の爺《じじい》もボケ始めてるからのう」

脱衣所から、お年寄二人の声が聞こえる。

背後から、ばしゃっ、という音が聞こえて、振り返る。

自らの身体《からだ》を両腕で抱きしめながら、

「お、男の人が他にも!?……ど、どういうことなの!?」

と慌てた様子で言った真桐先生。

……俺がこのまま風呂場から離れると、一糸纏わぬ真桐先生の姿を見知らぬ他人に晒《さら》す
ことになりかねない。

そう思った俺は、

「すんません、後で事情を説明するんで」

「へ!?」

湯船に浸かり、真桐先生と共に隅に移動する。

真桐先生の裸が視界に入らないようにするのが、中々大変だった。

それから、俺は真桐先生と背中合わせに、彼女の壁になるように湯船に浸かった。

真桐先生は細身で、俺の図体《ずうたい》はでかいから、簡単にはバレないと思うのだが……。

すぐ後ろに、真桐先生がいると思うと、どうしても冷静ではいられない。

彼女も、不安なのだろう。無言のまましばし時間が過ぎる。

それから、身体を洗い終えたらしいお年寄二人が、露天風呂に移動してきた。

「おお。珍しく若いもんがおるのう」

70前後に見える二人が、目を細めてこちらを見る。

まだまだしっかりしているようだが、耳が遠いのか、でかい声で話をしている。

その爺さんはこちらを見てきたが、真桐先生に気が付いた様子はない。

「……おい」

しかし、もう一人の爺さんが、こっちを見続けていた爺さんを窘《たしな》めるように声をかけた。

もしや、俺を見て何か不審に思ったのではないか？

そうびくびくしていると……。

「ありゃどう見てもヤクザもんじゃ。声をかけるでない」

「む？……そうらしいのう、恐ろしい形相をしておるわ……」

それから、こちらを見ようともせずに、二人は湯船に浸かりつつ、談笑を始めた。

多分今の俺、緊張のせいですごい怖い顔しているんだろうな……。

少し悲しくなるのだが、現状そう勘違いしてもらった方が助かるので、複雑な気分だった。

「……そろそろ説明をしてもらえるかしら？」

後ろから、真桐先生の強張《こわば》った声が聞こえた。

爺さんたちの耳は遠そうだし、小声で話す分には問題ないだろうと思い、俺も答える。

「ここの従業員の爺さん、俺が風呂に入る前に男湯と女湯の暖簾を掛け替えてたんですよ。きっとその爺さんは誰も入っていないと思ってたんでしょうね」

冗談みたいな話だが、事実だから仕方がない。

こんなトラブルが起こるのだから、客が少ないのも納得だ。……むしろなぜまだ潰れていないのか、不思議なくらいだった。

「なんていい加減な……。でも、友木《ともき》君以外にも男の人が入っているということは、本当なのでしょうね」

諦観を孕《はら》んだ声で、真桐先生が言う。

「……いえ、あなたが女湯に堂々と入るわけないのだから、何か事情があったんだとは思っていたのだけど」

真桐先生の信頼感が嬉《うれ》しいが、普通に恥ずかしくなる。

……それにしても、おかしい。

こういうイベントは、本来主人公である池《いけ》の役回りのはず。

しがない友人キャラの俺に務まる大役ではない。

そんな風に思い悩んでいる俺に、真桐先生が言う。

「あなたには、いつも迷惑をかけてばかりね。……生徒の前なんだから、お手本にならなくちゃいけないのに、情けないわ」

落ち込んだ声で、真桐先生は呟《つぶや》いた。

「今回のは、真桐先生が悪いわけじゃないすし。それに、酒が入ってない時の真桐先生は、尊敬できる大人です」

「むっ。……お酒が入っている時は？」

少し不機嫌そうな声音で、真桐先生が問いかける。

「ダメな子ほど可愛《かわい》い。……みたいな感じでしょうか」

照れ隠しの意味も込めて、俺は揶揄《からか》うように言った。

てっきり怒られるものだと思っていたが。

「……やっぱり、友木先生は意地悪ね」

穏やかな声音で、真桐先生は答えた。

俺はその反応に、なんだか顔が熱くなり、何も答えることができなかった。

「……そういえばこの間、私の学生時代の頃の話を聞いたじゃない？」

ふと、真桐先生が俺に向かってそう言った。

「話したくないって断られましたが」

「裸の付き合いって言うじゃない。折角だし、話をしても良いかなって思ったのよ」

俺の知っている裸の付き合いと、現在の状況はイメージがかけ離れていると思ったが、話をしてもらえるのなら、聞いておきたい。

「……こんなことを言われても、困るだけとは思うのだけど」

そう前置きをしてから、真桐先生は続けて言う。

「私の母は、早くに亡くなってるのよ。それでも私に不自由をさせないようにと、父は男手一つで、必死になって育ててくれたの。ずっと女子校に通わされたのも、きっと心配だったからでしょうね」

真桐先生の言葉を聞いて、なんと言って良いか分からず、俺はただ一言呟いた。

「そう、だったんですね」

真桐先生は、俺の言葉に「ええ」と応じてから、続ける。

「父が私のために一生懸命だったのは、昔からずっと知っていた。だから、私は親の言うことに逆らわなかったし、わがままも言わなかった。父が誇れる娘であろうと、私は厳格であり続けた。……それが行き過ぎたせいで、同級生からは嫌われることもあって、あまり友達はできなかったわ。そういうわけで、寂しい学生生活を送っていたのよ」

そこで、言葉が途切れる。

どうしたのだろうか？　そう思っていると……。

「友木君の背中……とても大きいわね。私がまだ小さい時に、父の背中を流したことを、思い出すわ」

俺の背中に、真桐先生は身体を預けてくる。

肌と肌が触れ合う感覚に、俺の顔は急速に熱くなる。

それから、物憂げな声で真桐先生は続けた。

「もっと、優しくて、もっと素敵な大人に、私はなりたかったわ……」

教師として働き始めて、1年と少し。

不可抗力とはいえ生徒に助けられ、過去のことも思い出し。

自分がなりたかった大人になれていないのだと、真桐先生は弱気になっているのかもしれない。

「真桐先生は、厳しいけど。……優しくて素敵な大人になれてると思います」

だから、俺は真桐先生に向かってそう言う。

真桐先生の優しさに救われたのだから、そんな風に思い悩んで欲しくはなかった。

「……無理に慰めてもらわなくても、良いのよ」

「慰めじゃないです、自信を持ってください！」

俺はつい、ムキになって、熱くなってしまった。驚いたようにこちらを見る真桐先生に、
俺は取り繕うように、続けて言った。

「……アルコールが入らなければ、真桐先生は優しくて素敵な大人に、間違いないんで」

俺の言葉に、「ふふ」と小さく笑い、

「やっぱり、意地悪だわ」

どこか拗《す》ねたような声音で言った。

「でも、友木君にそう言ってもらえると自信になるわ。ありがとう」

先ほどとは変わり、穏やかな声で真桐先生は言った。

周囲を見ると、いつの間にか、年寄二人は風呂を上がっていた。

それに気が付いて、俺たちもこれ以上誰かが来ない内に、さっさと上がることにした。

☆

「あれ、真桐《まきり》先生？　来てたんですね、すごい偶然！」

何事もなく男風呂から脱出できた真桐先生と、偶然会った体で卓球台のある部屋に戻った俺。

夏奈《かな》が驚いたように言うと、他の面子《メンツ》も真桐先生を見た。

「ええ、お風呂上りに偶然友木君に会ったものだから、驚いたわ」

平然と答える真桐先生。

「良かったら、先生も一緒に卓球しませんか？」

池が言うと、真桐先生は首を横に振ってから言う。

「いいえ、私はこれから帰るので、あなたたちもあまり遅くならないようにしなさい」

それから、颯爽《さっそう》と歩き去っていった。

「やっぱ真桐先生、きついなー。生徒と交流を深めても良いだろうに。超美人だし、風呂上りは色っぽかったけど」

真桐先生がいなくなったのを確認してから、朝倉《あさくら》が言った。

「……でも、休日に一人で温泉に来るとか意外ですよね。真桐先生、彼氏とどっか遊びに行くこととかないんですかね？　あ、恋人がいても、プライベートな時間は大切って思ってるとか？　ちょー大人なんですけどっ！」

冬華《とうか》が俺に向かってそう言ってきた。

真桐先生に彼氏がいること前提の口ぶりに、俺はツッコミを入れそうになるが、抑える。

確かに、あれだけ綺麗《きれい》で、（アルコールさえ入らなければ）しっかり者なのだから、彼氏がいると思われるのも当然だろう。

実際、俺もそう思っていたのだが……。

「それ言われれたら真桐先生凹《へこ》むから、本人には言うなよ」

俺が冬華に向かってそう言うと、

「なんですかそれ、先輩……？」

案の定、冬華に『大丈夫？』みたいな視線を、俺は向けられるのだった――。

15. ノーコメント

とある日の朝。

自室にて、いつものように優勝している料理系ユーチューバーの動画を見ていると、唐突にスマホにメッセージが届いた。

差出人は池。

通知画面からメッセージを開く。

『合宿の時の写真で、簡単なアルバムを作ったんだが、もし暇なら今日の午後から学校に来てもらえないか？　面倒だったら、データだけ送信させてもらうが』

あの時、写真とか撮ってたんだ。

全然気が付かなかった……。

しかし、そんなものがあるなら、ぜひ欲しい。

『ああ、生徒会室に向かえばいいか？』

暇だったので、俺は学校に向かうことにした。

☆

そして午後。

生徒会室の扉をノックすると、中から「はい」と池の声で返事が聞こえた。

俺は扉を開いて中に入る。

室内には、池と竜宮《たつみや》の二人がいた。

「よう、優児《ゆうじ》。呼び出して、悪かったな」

爽やかな笑みを浮かべつつ、池が言う。

俺は短く返事をする。

「おう、気にするな。どうせ暇だ」

「暇なら、優児から冬華をデートに誘ってやってくれ。喜ぶだろうから」

夏休み期間中は定期的に冬華とは会っている。

何かと忙しそうな冬華を俺から遊びに誘ったら、逆に迷惑な気もするが。

流石《さすが》に、俺と付き合っていると思っている池には言えない。

「ごきげんよう、友木《ともき》さん」

今度は、固い笑みを浮かべながら竜宮が言った。

彼女はあまり冬華と会う機会がなさそうなので、頻繁に彼女と会える俺に、嫉妬しているのだろう。

「おう。……今日は、二人だけなのか?」

「今日は、というよりも。最近はやることも特にないし、基本的には二人だけだな。竹取《たけとり》先輩と田中《たなか》先輩は受験勉強。鈴木《すずき》も、夏期講習を受けているみたいだな」

「やることないのに来ているのは、なんでだ?」

「アルバム制作と、引継資料の作成だ。二学期に入ったら、忙しくて中々手が回らないからな。それを、竜宮と二人でやっている」

俺は、その言葉に衝撃を受ける。

「え? 引継資料を作っているってことは、池《いけ》は来期の生徒会に立候補しないのか?」

「……どうだろうな。まだ決めていないんだ」

曖昧に笑い、誤魔化す池。てっきり、今年も生徒会長選挙に立候補し、圧倒的支持率で当選するものと勝手に思い込んでいたため、俺も少々動揺した。

「それでは、友木さん。これがアルバムです」

通常よりも小さめのフォトアルバムを竜宮から手渡された。

「ありがとう」

「いえ、お礼なら会長に。データだけでは味気ないと、アルバムを作成してくれたのですから。……こういう形に残るものをくださるのは、私としてはロマンチックで素敵と思うのですが、友木さんはどう思われますか?」

「あ、ああ。そうだな。……池も、ありがとな」

竜宮の質問はスルー気味に、池に対して礼を言ってから、受け取ったアルバムを開き、内容を見ていった。

皆楽しそうに笑っていたが、一人だけ常に不機嫌そうな表情でいる人間がいた。

何か嫌なことでもあったのだろうか？　と思ってよく見たらそれは俺だった。俺って普段からこんなムスッとした表情をしてたのか……。

思いがけず気づいてしまった事実にすこし凹んでいると、山本《やまもと》さんが笑顔で料理を作っている写真を見つけた。俺は癒された。

「さて、アルバムも渡しましたし、友木さんのご用件はおしまいですね。それでは、どうぞお帰りください」

恭しく頭を下げながら、扉を開き、さっさと帰れと言わんばかりに帰宅を促す竜宮。

池と二人きりだったのを邪魔されたのが、そんなに気に障ったのか？

そう思っていると、

「優児、昼飯は食ってきたか？」

池が問いかけてきた。

「いや、まだだ」

「それなら、一緒に軽く飯でも食いに行かないか？」

「おう、良いな」

池の誘いに俺が答えると、

「え!?」

竜宮が、慌てた表情でそう言った。

「どうした、竜宮？」

「い、いえ。……なんでもありません」

とても気落ちした表情。おそらく、竜宮自身がこの後池を昼食に誘おうと思っていたのだろう。

俺は思いっきり竜宮に睨《にら》まれた。……ホントに分かりやすいな、こいつ。

「竜宮も、一緒にどうだ？」

その後、池が竜宮にも声をかけると……。

「あ、あら。会長？　私とお昼を食べたいとおっしゃるのですね。し、仕方がありませんね、私も暇ではないのですが、折角ですのでご一緒させていただきます」

「あ、いや。忙しいのなら無理にとは言わないぞ」

「ご一緒、させていただきますので！」

「おお、そうか」

何がなんだか分からないと言いたげに、首を傾《かし》げる池。

池に見られないように顔を背け、満足そうに、嬉《うれ》しそうな表情を浮かべる竜宮。

二人の様子を見て、俺は思う。

……何これ、ラブコメ？

☆

駅近くのチェーンのハンバーガー店に、俺たちは入った。

カウンターで注文を済ませてから、四人掛けの席に座る。

俺がまず奥に座り……隣に、池が座った。

そして池の正面に竜宮が座る。

竜宮の刺すような視線を感じ、俺は彼女の方を見る。

……絶望の表情を浮かべ、虫を見るような目で俺を見ている竜宮。怖い。

しかし池は気にも留めず、いただきますと呟《つぶや》いてからハンバーガーの包みを開いて、口をつけた。

俺も、同じようにする。

はぁ、とため息を吐《つ》いていたが、竜宮は、特に何か言ってくることはなかった。

それから他愛のない話をしながら、食べ進める。

「……どうした、竜宮？」

しかし、ふとした拍子に、竜宮が黙り込んだ。

それを気にした池が、問いかけた。

「いえ。……会長、食べるのが速くて、やはり男の人なのだな、と思いまして。私、食べるのが遅くて、申し訳ないです」

照れくさそうな表情で言う竜宮。

確かに、竜宮はまだ半分も食べ進めていないのに、池は既に食べ終えている。

ちなみに同じように食べ終えている俺には、一切言及しない。どうやら、眼中にないようだ。

恋する乙女は盲目とか……ラブコメ？

「おお、すまない、気が利かなかったな。竜宮は気にせず、ゆっくり食べてくれ」

「……そうさせていただきます」

にっこりと微笑《ほほえ》みを浮かべ、ゆっくりと食べ進める竜宮。

「お、優児。パンくずが口元についているぞ」

「ん、マジか。どこらへんだ？」

俺は口元を触ったが、取れた様子はない。

「そこから左……ああ、逆だ。いや、俺が取った方が早いな」

そう言ってから、池は俺の口元のパンくずを指先でひょいと取った。

「お、取れたぞ」

池は爽やかな笑みを浮かべてから、そのパンくずをペーパーナプキンでくるんだ。

俺は、その行動に思わずドキリとした。

——竜宮の禍々《まがまが》しい視線を感じて。

……ラブコメだな、これ。友人キャラまで攻略対象にするのやめてくれないだろうか？

俺が池の行動に戦々恐々としていると、

「そういえば優児。今度の花火大会。冬華《とうか》と行く予定なんだよな？」

池は唐突に問いかけてきた。

花火大会とは、市内で毎年行われており、結構な規模の花火が打ち上がる。

……恋人同士なら一緒に行くのが普通だろうが、冬華は果たして俺と行こうと言ってくれるだろうか？

そうは思いつつも、俺は答える。

「まだ約束はしていないが、声はかけるつもりだ」

「そうだったんだな。そうしてやってくれ」

その言葉に、俺は頷《うなず》いてから、竜宮を見た。

彼女は、何か言いたそうにしていたが、口を開こうとするたびに俯《うつむ》いて、何も言えずにいた。

……竜宮は池を誘いたいんだろうな。しょうがない、こうして一緒に昼飯を食った仲でもあるし、手助けをしようか。

「なぁ、池。良かったらその日、竜宮と池も一緒に来ないか？　友達グループで行く夏祭りって、結構憧れているんだよ」

「……ふぇっ？」

俺の言葉に、竜宮が動揺を隠すこともできずに呟いた。

「俺は別に構わないが、冬華が怒るんじゃないか？」

「確かに、少し怒られるかもな」

勝手に予定を埋めてしまうのだから、冬華に小言の一つや二つは言われるかもしれないな。

「か、会長！　私もその日はちょうど予定がなく、その誘いに乗ってあげなくもないのですが、会長はどうでしょう？」

期待したような眼差《まなざ》しで池を見つめながら、興奮した様子の竜宮は言う。

「そうか。俺も特に予定はないし、冬華が嫌がらなかったら、一緒に行くことにしよう」

池の言葉に、竜宮は笑みを浮かべて答える。

「はい、よろしくお願いいたします」

そう言ってから、ニコニコとしながら飲み物に口をつける竜宮《たつみや》。

「ああ、それと優児《ゆうじ》。真面目な話があるんだが……」

今度は、真剣なトーンで池が話しかけてきた。

「真面目な話？」

「いや……最近真桐《まきり》先生に元気がないように見えてな。竜宮も、同意見だろう？」

「そうですね。……今日も生徒会室に来られた際にアルバムをお渡ししましたが、その際真桐先生は落ち込んでいるようでした」

心配そうに言う二人。

「少し心配でな。優児、何か心当たりはないか？」

心当たりならいくつかあった。

真桐先生の話を聞いた限り、最近お見合いの件で、親父《おやじ》さんとの言い争いとアルコールの量が増えている。そのことが、負担となっている部分が大きいのだろう。

そして――。

「あ、会長。お口にケチャップが付いていています」

「そうか、これは失礼」

「いえ。拭き取らせていただきますね？」

紙ナプキンで池の口元を拭う竜宮。

……目の前でお前たち二人がイチャイチャしてるせいも大きいぞ？

とは思ったものの、俺は真桐先生のプライバシーと名誉のために、

「うーん、全く心当たりがないな」

無表情のまま、ノーコメントを貫くのだった――。

16. お悩み相談

「「あ」」

そして翌日、近所のコンビニに行くと、真桐先生と偶然出会った。同時に、間の抜けた声を漏らした。

「友木《ともき》君……。こんにちは」

「こ……こんにちは」

以前真桐先生に会ったのは、数日前の温泉だったからか……気恥ずかしい。

「……元気にしていたかしら？」

おそらく、それは真桐先生も同じなのだろう。

どこか気恥ずかしそうに、俺に向かってそう問いかけた。

「ええ。真桐先生も元気でしたか？」

それにしても、たった数日会わなかっただけの会話とは思えないな……。

「……ええ、もちろんよ」

と、言葉に反してどこか暗い表情で真桐先生は言った。

一体どうしたのだろうか？

「それじゃあ、私はこれで」

そう言って、買い物を終えていた真桐先生は、コンビニを後にした。

「うす」

一言応じつつ、彼女の背中を目で追う。

そして昨日の池《いけ》と竜宮の言葉を思い出す。

『最近真桐先生に元気がないように見えてな』

『真桐先生は落ち込んでいるようでした』

……真桐先生が二人のラブコメを目撃して闇堕《お》ちしかけていることを差し引いても、どこか様子がおかしいように見える。

不安になった俺は、真桐先生の後を追う。そして、先を行く彼女に、すぐに追いついた。

「真桐先生！」

背後から呼びかけると、彼女はゆっくりと振り返った。そして、首を傾げて、

「何かしら？」

と、真桐先生は問いかけてきた。

俺は真っ直《ます》ぐに彼女を見る。

何かあったのか聞こうと思ったのだが……果たして立ち話で済むようなことなのだろうか？

もしも本当に何かあったのなら、あまり他人には聞かれたくないと思うだろう。

なら、他人が来ない場所で話をした方が良いな。

「大事な話があるんで、今から先生の家にお邪魔しても良いですか？」

そう思い、俺は真桐先生に向かって言った。

「…え？」

聞こえなかったのだろうか？

そう思い、俺はもう一度言う。

「大事な話があるんで、今から先生の家にお邪魔しても良いですか？」

「ま、待ちなさい、友木君！　あなた、何を言っているのか分かっているの!?　生徒が教師の部屋に入るだなんて、ダメに決まっているじゃない！　非常識よ!?」

慌てた様子の真桐先生。

やはり、怪しい。動揺が激しすぎる。

既に教師の部屋に生徒《おれ》を入れたことがある非常識な真桐先生の支離滅裂な発言を聞いて、彼女に何かがあったことを確信した。

「いえ、引けません。俺は……先生の気持ちが知りたいんです！」

どのような問題を抱え、彼女は今、どんな気持ちでいるのだろうか……。

俺に何ができるかは分からない。

だけど、真桐先生の異変に気付いてしまった今。

余計なお世話に過ぎないのだとしても、見て見ぬふりは……できない。

俺の言葉を聞いた真桐先生は、ポカンとした表情を浮かべた後、手に持っていたレジ袋を道路に落とした。

それから、両手で顔を覆ってから「え、え？」と、真っ赤になった顔を俺に見られないようにした。

……生徒の俺に悩みを察知されたことが、恥ずかしかったのかもしれない。

そう思いつつ、俺は真桐先生の言葉を待つ。

「……分かったわ。ついてきなさい」

真桐先生は、目尻に涙を浮かべて、上目遣いに俺に向かって言った。

俺は頷き、落ちたレジ袋を拾う。

それから、何が起こっても彼女の力になれるようにしなければ、と俺は覚悟を決めて、未《いま》だに顔を真っ赤にしたままの真桐先生の隣を、並んで歩いた。

☆

「……どうぞ」

「お邪魔します」

数分程歩くと、すぐに真桐先生の部屋へと到着した。

未だに頬を朱色に染めた真桐先生に促されて、俺は玄関で靴を脱ぎ、部屋に入る。

相変わらず綺麗《きれい》に片づけがされた部屋だ。

大人の女性の部屋の中で異彩を放つのは……やはり、ベッドの枕もとに置かれたぬいぐるみのジョニーだろうか。

真桐先生は買い物したものを冷蔵庫に片づけてから、今度は無言のままジョニーを、押し入れに片づけた。

「……何か？」

その後、ツンとした表情を浮かべて、冷たい眼差しで問いかけてくる真桐先生。

「いえ、何も」

俺は先ほどの行動を、見て見ぬふりをすることにした。

真桐先生は大きく息を吐いてから、「そこに座りなさい」と言って、俺にローテーブルの前に座るように言った。

俺がその言葉の通りに座ると、真桐先生はベッドの上に腰かけた。

そして、枕を摑《つか》んでから、ハッとした表情を浮かべた。

それから、バツが悪そうに視線を俯かせてから、摑んだ枕を膝の上に置いた。

……この間見たが、恐らく真桐先生は普段から、家に帰ったらベッドの上に座ってジョニーを抱きしめているのだろう。

その習慣が、今ここで思わず出てしまったのだ。

「……それで、私の気持ちが知りたいというのは、どういうことかしら？」

真桐先生は、静かに俺に問いかける。

揺れる眼差し、上気した頬。

緊張をしているのだろう。

……無理もない、生徒に自らの弱みを、晒《さら》そうとしているのだから。

「その言葉のままです」

俺は、ただ一言そう答える。

真桐先生は顔を上げたが、俺とは視線を合わせないまま、瞼《まぶた》を伏せつつ口を開いた。

「私は！　友木君のことを、とても尊敬しているわ。生徒なのについつい甘えてしまって……それは、私の悪いところね」

真桐先生は俯《うつむ》きつつ、枕の上でギュッと拳を握りながら言う。

「葉咲《はさき》さんのような素敵な女の子があなたのことを好きになるのも理解できるし、池さんがあなたを頼りにするのも当然だと思うわ。私だって、あなたのことを頼りにしている。……私が最も信頼している男性は、友木君だと言っても過言ではないくらいよ。だけど……私は教師で、あなたは生徒なのよ。いくらあなたが私にとって、先生みたいな人だとしても、よ」

俺は真桐《まきり》先生のその言葉を聞いて……嬉《うれ》しかった。

「も、もちろんあなたの気持ちは嬉しいのよ。それは、本当よ。でも、もう少し考える時間が、絶対に必要だと思うの」

そして同時に、俺の力を借りないと言った真桐先生のフォローの言葉を聞いて、不甲斐《ふがい》ないと思った。

「俺のことを信頼してもらえて、嬉しいです」

俺が言うと、真桐先生は困惑を浮かべた。

「いえ、その……私の言いたいことが、ちゃんと伝わっていないようね……。確かに今のは少し遠回しな言い方だったとは思うけど」

「分かってます。俺のことを信頼してくれているとはいっても、あくまでも生徒に過ぎない俺には、相談ができないような悩みを抱えているんですよね？」

たとえ俺を信頼していても、言えない。

それだけ、重い悩みであれば、俺は首を突っ込むべきではないのだろう。

「ええ、そうよ。いくらあなたが……え？」

「真桐先生にとって俺は、信頼できる一生徒でしかないのかもしれない。……だけど、俺にとって真桐先生は……大切な、恩師なんです。だから、力不足なのかもしれないけれど、俺は真桐先生の力になりたいんです」

俺は、真っ直ぐに自分の思いをぶつけた。

そう、俺はただの学生だ。真桐先生が頼りにするなんて、本来ありえない。

だとしても。

……たとえ微力でも、彼女の力になりたいのだと、俺は思った。

俺の言葉を聞いた真桐先生は、動揺を浮かべた。

そして、その整った唇を開き――。

「……え？」

と、不思議そうに首を傾《かし》げて一言呟《つぶや》いた。

どうしたのだろうかと思い、続く言葉を待っていると。

「友木君」

「はい」

「……ごめんなさい、少し話を整理させてもらってもいいかしら？」

「え？　もちろん、良いですけど」

どこか腑《ふ》に落ちない様子の真桐先生。

一体どうしたのだろうか？

疑問に思う俺に、真桐先生は問いかけてくる。

「えーと。あなたは、私の気持ちが知りたいのよね？」

「はい」

「それは、その……。私があなたをどう思っているかではなく、私がどんな悩みを抱えているか、ということで間違いないのね？」

「あたりまえじゃないですか。……それ以外に、何があるんですか？」

「……いえ、そうね。私は何も勘違いしていないわ」

ぷい、と不機嫌そうに頬を膨らませてそっぽを向いた真桐先生。

……なんだというのだろうか？

「それで、あなたは。私に悩みがあるのなら、力になりたいと。……そう言ってくれているのよね？」

「そうです。……微力にすぎなくとも、俺は真桐先生の力になりたいと思っています」

俺が真っ直ぐに彼女に告げると、深くため息を吐《つ》いた後に、膝の上の枕をポイとベッドの上に放り投げた。そして、なぜだか真桐先生はこちらを鋭い視線で睨《にら》んでくる。

……なぜ俺は睨まれているんだろうか？

「それで、真桐先生の様子が、最近おかしいって池と竜宮《たつみや》から聞いたんですけど。……また、親父《おやじ》さんと何かあったんですか？」

俺の問いかけに、真桐先生は恨めしそうにこちらを見てから、今度は小さくため息をこぼした。

「……友木《ともき》君だけじゃなく、他の生徒にも気づかれていたなんて。本当に情けない先生ね、私は」

自嘲するように、真桐先生は呟く。

俺は「そんなこと……」と口を開くのだが、彼女の表情を見て口を噤《つぐ》んだ。

諦観の宿るその瞳に、何も続けられなくなった俺を見ながら、彼女は口を開く。

「その通りよ。私は今、悩みを抱えているの」

「……それは、一体どんな悩みなんすか？」

俺の問いかけに、真桐先生は俯いた。

それから、弱々しい表情を浮かべ、縋《すが》るような視線を俺に向けて口を開いた。

「父が、お見合いの話を本格的に進め始めたの……」

苦悩の色を滲《にじ》ませて、真桐先生は俺にそう告げるのだった――。

17. 本音

「……お見合い、ですか」

諦めが窺《うかが》える彼女の言葉に、俺がそう返すと、ゆっくりと頷《うなず》かれた。

「でも、お見合いと言っても、当人同士にその気がなかったら、その後の進展もないんじゃないですか？」

俺の言葉に、真桐先生は「そうね、その通りよ」と、力なく呟く。

「ただ、問題があるの」

「問題、ですか……？」

真桐先生は頷いてから、言葉をつむぐ。

「交際相手がいるわけでもないくせに、どうしてそこまで拒絶するのか、って聞かれたわ」

「……言い方が適切じゃないかもしれませんが、確かに頑《かたく》なに拒絶するのも、おかしいと思われそうですね……」

「そうよね。私としては恋愛に憧れがあるから、お見合いに乗り気になれないっていう理由があるんだけど、私の父はそんな理由で納得してくれるわけがないの。だから、私は父が納得する理由を答えたの。『恋人くらいいるわ。だから、お見合いは不要よ』……って」

俺はその言葉が、一瞬理解できなかった。

「……えっ？　真桐先生、恋人できたんですか？」

単純な疑問を、俺は口にした。

「嘘《うそ》に決まってるじゃない……っ！」

「何嘘吐いてるんですか……？」

堂々としたその言葉に、俺は絶句した。

しかし、俺も冬華《とうか》との『ニセモノ』の恋人のことや、保護者同意書の件では嘘を吐いているので、自分のことを棚上げして、人のことを責めることができない……。

「私の言葉に父は言ったの。『その相手を家に連れてこい。お前が騙《だま》されていないか、相応《ふさわ》しい相手かどうか、この目で確かめる。認められるような男であれば、先方に対して、見合いについては責任を持って断る。その代わり、しょうもない男を連れてきたら、有無を言わさず見合い相手から結婚相手を決めてもらう』って」

「なるほど。そして後戻りもできず、その話に乗ってしまった、と」

俺が問いかけると、無言のままこくんと真桐先生は頷いた。

「思いっきり身から出た錆《さび》ってやつですね」

「ちなみに。その時はもちろんお酒を飲んでいたわ」

「真桐先生はもう一生お酒を飲まない方が良いかもしれませんね」

俺が言うと、真桐先生は力なく笑い、そして肩を落とす。

「……恋人はおろか、休日一緒に出掛けるような男性すらいないっていうのに、どうすれば良いの……」

自嘲気味に真桐先生は口端を歪《ゆが》めた。

「……だから、そんなに悩んでたんですね？」

俺の言葉に、真桐先生は弱々しく笑ってから、答える。

「ええ。笑われちゃうかもしれないけど、私は運命的な恋をして、結婚をしたいって思うの。だから、お見合い結婚を強制されるのは、気が進まないわ……」

しかし、彼女は、まるで自分を納得させるかのように、続けて言う。

「……でも。これまで私を男手一つで育ててくれた父を、これ以上困らせたくもないわ。お酒を飲まなければ、私は自分の意見一つ、父に言うことができないのだし。だから……きっと、これで結婚をしても、そう悪いことではないのかもしれないとも、思っているの」

明らかに矛盾を孕《はら》んだその言葉が、本心からのものでないことくらいは、容易に分かった。

「何言って……」

俺が言いかけると、真桐先生は声をかぶせてくる。

「それに、前にも言ったじゃない？　お見合い結婚で、幸せな家庭を作る人たちが大勢いることも知っているって。父の紹介する人なら、間違いないわ。そもそも、恋愛とお見合いのどっちが良いかという風に思うこと自体、おかしな話よね」

それから、明るい声音を作ってから、真桐《まきり》先生は続けて言う。

「……心配させてしまったようでごめんなさい。でも、大丈夫よ。きっと上手《うま》くいくわ」

真桐先生のその言葉を聞いても、俺は納得ができなかった。

恩師の危機に力になれない自分――だけじゃなく。

さんざん俺に迷惑をかけてきたにもかかわらず、この期に及んで遠慮をしている真桐先生に対しても。

「俺は、真桐先生の素敵なところをたくさん知ってます。優しいところ、カッコいいところ……可愛《かわい》いところ」

唐突な俺の言葉に、キョトンとした表情を浮かべる真桐先生。

「生徒の前ではいつも厳しく、だけど誰よりも温かみと思いやりのある人だって、知ってます。俺は、そんな真桐先生に何度も救われた。1年前の事件でも、周囲の誰もが俺の言葉を信じなかったのに、池《いけ》と……真桐先生だけは、俺を信じて庇《かば》ってくれた。だから、退学にもならずに、こうして学校に通えている」

それから、続く言葉を聞いた真桐先生は、真剣な表情で俺を見てきた。

「今度は、俺が真桐先生を助ける番です」

「友木君に、何ができるっていうのかしら？」

諦めを孕んだ微笑《ほほえ》みを浮かべて、真桐先生は俺に問う。

「俺が真桐先生の恋人になります！」

俺の宣言に、

「……へ？」

真桐先生は瞳を丸くして、呆然《ぼうぜん》と呟く。それから、「え、と……それって？」と、どこか期待したような眼差《まなざ》しを俺に向ける。

俺は頷く。彼女の期待に、応えてみせよう！

「安心してください。『ニセモノ』の恋人なら、慣れたものですよ」

俺が答えると、

「……そう」

と、なぜか、普段生徒を指導する時の数倍冷たい眼差しを俺に向けながら言った。

「え……と。ダメでしたか？」

「ダメよ」

俺の言葉に、真桐先生は即答だった。

「友木君の言葉は、とてもありがたいけど。あなたにそこまで迷惑を掛けられないわ」

俺の提案に、真桐先生は納得がいかない様子だ。

それは、そうなのだろう。

きっと、間違っているのは俺だ。俺はまだ、社会のことは知らないし、そもそも人間関係にも疎い。

それでも……。

「真桐先生は、ついさっき言ったじゃないですか。運命的な恋愛がしたいって」

俺の言葉を聞いた真桐先生は、一時逡《しゅんじゅん》巡し、それからゆっくりと口を開く。

「……ええ」

「だったら。もう一度ちゃんと教えてください。真桐先生の、本当の気持ちを……！」

俺は、彼女の目を真《ま》っ直《す》ぐに見て問いかける。

一度瞼《まぶた》を伏せてから、再び俺と真っ直ぐに目を合わせた。

堰《せき》を切ったように、真桐先生の口から次々と言葉があふれてくる。

「私の気持ちも無視して勝手に進められたお見合いなんて嫌！　父の前でなんにも言えなくなる自分が嫌！　私の理想の、運命的な恋愛だって……諦めたくない」

そう宣言した後、興奮した様子の真桐先生は、ベッドから立ち上がった。

「……本当に、私はこんなにあなたを頼っても良いのかしら？」

不安そうな声で、真桐先生は問いかけた。

「頼ってくれって言ったじゃないですか。……こっちこそ、ガキのわがままに付き合ってもらって、すんません」

「謝る必要なんて、ないわよ」

俺の言葉に、真桐先生が優しい声音で返す。

「ありがとう。……すごく、嬉《うれ》しいわ」

頬を赤くし、上目遣いで俺を見上げる真桐先生と、目が合う。

俺は何か言おうとするのだが、こう改まってしまうと何も言えない。

そんな俺の様子を見て、くすくすと笑ってから、真桐先生は告げる。

「それじゃあ。頼りにしているわよ、友木君？」

なんだかいつもより、彼女が可愛らしく。

なのにどこか、艶《あで》やかで。

俺は思わず、どきりとするのだった――。

18. 初対面

真桐先生の実家について行くことが決まった数日後。

俺は彼女の車に乗り、目的の実家へと向かっていた。

親父《おやじ》さんに会うのに、今から緊張する。

「……今更だけど、その恰好《かっこう》はまずかったかもしれないわね」

運転席にいる真桐先生が、横目でチラリと俺を見てから呟《つぶや》いた。

「え？　真桐先生が選んだんじゃないすか」

今俺が着ているのは、襟付きのシャツにジャケットとパンツを合わせた、所謂《いわゆる》ジャケパンスタイルだ。

「そうね。制服姿で行くと、確実にビジュアルからして驚かせてしまうし、あまりラフな恰好だと父の機嫌を損なわせてしまうのは目に見えているし、その恰好がベストと思ったんだけれど……」

赤信号で車を停止させてから、俺の方を見た真桐先生は、ぼそりと呟く。

「大人っぽい恰好が似合いすぎるのも問題ね。今日はただの挨拶だけど、勝手に向こうが別の挨拶に来たと思って、驚かれないかしら……」

と、心配そうな表情を浮かべた。

「別の挨拶って、なんのことですか?」

いまいちピンとこなかったため、俺は真桐先生に問いかける。

俺の言葉に、先生は一度ジロリとこちらを睨《にら》んだ後、前を向く。

信号が、丁度青に変わっていた。

「なんでもないわ」

真桐先生は不満そうに呟いてから、アクセルを踏んで車を発進させた。

一体、なんのことだったのだろう?

そう思いつつも、答えたくなさそうなことを運転中に問いかけるのも、あまり良くないだろうなと、それ以上の追及はしなかった。

☆

それから、2時間ほどが経《た》ち、家に着いた。

……立派な門構えがある豪邸だった。

真桐先生の実家のスケールに圧倒される俺は、つい尋ねてしまう。

「真桐先生の親父さんて、何をしている人なんすか?」

「父は、士業を営んでいるわ。それなりの規模の事務所の所長よ」

さらりと言ってのけた真桐先生。

士業と言えば、弁護士、会計士、司法書士……いずれにしても、裕福なのは間違いなさそうだ。

真桐先生は箱入り娘を自称していたが、まさかここまでのお嬢様だったとは。

「そんなにジロジロ見ないでもらえるかしら？」

「あ、すんません」

全く……と、ため息を吐《つ》いた真桐先生。

それから並んで、玄関でインターホンを鳴らした。

すると、すぐさま扉が開かれる。

「あら、千秋《ちあき》ちゃん。おかえりなさい」

40程度の人のよさそうな、ふくよかな女性が俺たちを出迎えた。

……真桐先生のお袋さんは亡くなっていると聞いていたが、それならこの人は誰なのだろうか？

「あ、あら……隣の男前は、どなた？」

俺の顔を見て明らかにビビるその女性に、真桐先生は無言のまま微笑みを返して答えた。

驚いたように目を見開き、「あんらぁ……」と呟いた女性。

……なんとなく何を考えているか分かったが、なんと答えればいいかは分からなかった。

「それなら、お父様が和室で待ってるから、後でお茶を持って行きますね」

そう言って、女性は踵《きびす》を返して奥へ引っ込んだ。

俺は彼女の背中が見えなくなったのを確認してから、口を開く。

「今の人は、誰ですか？」

「家で働いてもらっている家政婦さんよ。この家に私がいた時は、家事全般は私がしていたけれど、今は週に何度か彼女に来てもらって、家の掃除や食事を作ってもらっているの」

……当たり前のようにそういう人がいるのって、割とすごいのではないだろうか。

「……それじゃ、父のところに行きましょうか」

緊張した面持ちの真桐先生が言う。

俺は無言で首肯してから、彼女の後をついて行く。

それから、とある部屋の前で立ち止まり、廊下から部屋に向かって声をかけた。

「ただいま、お父さん」

「千秋か……入りなさい」

部屋の中から低い声が聞こえた。

真桐先生は「はい」と返事をしてから、襖《ふすま》を開けて中に入った。

俺も、その後に続いた。

和室には50前後と思われる、髪に白いものが混じったナイスミドルが座布団の上に胡坐《あぐら》をかいて座っていた。

この人が真桐先生の親父さんか。

真桐先生と同じく美形で、若い頃はもちろん、今もモテそうな人だなと思った。

その親父さんは、部屋に入った真桐先生を見て、その後、俺に視線をよこした。

それから、訝《いぶか》しんだような表情を浮かべて、

「……そちらは？」

と、俺に鋭い眼差しを向け、真桐先生に問いかけた。

真桐先生はしばし逡巡した後、覚悟したように告げた。

「彼は……私の恋人の優児よ」

その言葉を聞いて、親父さんは更に視線を鋭くさせてから、俺を睨んで問いかけてくる。

「話には聞いていたが、私は千秋の言っていることが未《いま》だに信じられないな。本当に交際をしているのかね、優児《ゆうじ》君とやら」

俺の顔にも全く物怖《ものお》じせずに、親父さんは問いかけてきた。

「お……自分は確かに、真……千秋さんの恋人です」

俺が慣れない呼び方で答えると、親父さんは深くため息を吐いてから、眉間を指先で揉《も》

んだ。

それから厳しい視線を俺たちに向けてから、

「二人とも、座りなさい」

と言った。

俺と真桐《まきり》先生は、互いに顔を見合わせてから頷《うなず》き、言われた通りに座った。

しばし無言の時が過ぎ、それが耐え切れなくなった真桐先生が口を開いた。

「それじゃあ、改めて紹介するわ。彼が、私の恋人の優児よ」

「初めまして、友木《ともき》優児です。千秋さんと交際をさせていただいています」

真桐先生が紹介したため、俺はそう言って頭を下げた。

「……君は、いくつだ？　随分と若く見えるが」

「20《ハタチ》です」

「というと、学生か？」

「はい」

それから、真桐先生の卒業した大学の後輩であると、俺は付け加えた。……もちろん、これは打ち合わせた設定にすぎない。

「付き合い始めたのは、いつ頃からだ？」

「それは、最近ですね。就職活動をしているのですが、第一志望が高校の教職で。先輩として良くしてくれていた千秋さんに、色々と話を聞いているうちに……。いつの間にか、好きになっていまして。自分から告白をして、交際を始めました」

「とても真面目で優しいの。私の方が年上だけど、それでも良いって言ってくれたから。私は、付き合うことにしたの」

と、自分が告白されたというエピソード風設定を実父に告げた真桐先生。打ち合わせ通りなのだが、正直俺は吹き出しかけて困った。

「私も、優児も。真剣に交際をしているわ」

真桐先生の言葉に、俺は大きく頷いた。すると、それを見た親父さんは、

「学生風情が、何が真剣な交際だ……っ！」

と、忌々しそうに呟いた。まずい、気に障っただろうか。そう思っていると、

「……だが、確かに友木君とやらは、今時のチャラチャラした軟弱な若者とは違うらしい。受け答えもしっかりしているし、初めて会う恋人の父である私にも、物怖じした様子もない。……もう少し、話を聞かせてもらおうか」

と、彼は続けて言った。

学生であることに難色は示しつつも、理不尽に否定だけするわけではないようだ。

俺と真桐先生がホッとしていると、和室の襖が開き、先ほどの家政婦さんがお茶を出してくれた。

「どうも、ありがとうございます」

と言うと、家政婦さんは会釈だけしてすぐに和室を出て行った。

それから、お茶を飲みながら、真桐先生の親父さんと話をする。

彼は、俺のことについてとても熱心に聞こうとする。俺は、あらかじめ打ち合わせていた通りの設定を回答する。親父さんの反応は悪くなく、だからこそそのことに罪悪感を抱く。

父親として、初めて娘が連れてきた恋人が、(強面《こわもて》以外) まとも (設定だが) だったことに、内心ホッとしているのだろう……。

いくつかの質問が終わってから、親父さんはふむと呟いてから、

「君になら娘を任せられる……なんて、言うつもりはないが。もう少しくらいは、様子を見てやっても良いだろう」

と、そう言った。

「え、それじゃあ……」

「ああ、見合いの件は保留だ。先方にも、そう伝えておこう。……良い青年と出会えたようだな。芯のある男だよ、友木君は」

どうやら、無事親父さんの目を誤魔化せたようだ。真桐先生もホッとしたのか、微笑《ほほえ》みを浮かべて、

「ええ、そうなの。……彼は私の自慢の生徒よ」

と、穏やかな声音で、そう告げた。


「……はぁ?」


俺はなんとか口にせずに済んだが、親父《おやじ》さんは動揺のあまり、これまでにない程狼狽《うろた》えた様子で問いかけた。

「千秋、今お前、なんと言った?」

真桐先生はまだ気づいていないのか、普通に答えようとして……。

「え、だから彼は私の自慢の……あっ」

自分の失敗に、ようやく気が付いたようだった。

話が収まりかけていたのに、最悪なタイミングでポンコツな真桐先生がこんにちはしてしまった。

「……自慢の恋人なの、って」

「自慢の生徒だと、そう言ったな」

「言っていないわ、お父さんの聞き間違いよ。もう良い歳《とし》だものね」

真桐先生の苦しい言い訳に、親父さんは聞く耳を持たない。

「友木君。学生証は持っているかね。いや、生年月日の分かる身分証なら、なんでも良い。私の聞き間違いを、是非証明してくれないだろうか」

「ちょ、ちょっと待って……！　いきなりそんなの失礼じゃない！」

「お前は黙っていろ！」

親父さんの一喝に、真桐先生は肩をびくりと震わせた。

「さぁ、優児君。君の身分証を見せたまえ！」

流石《さすが》に、普通に挨拶をして身分証を求められるというような事態を想定していなかったので、何も用意がなかった。俺は首を横に振って答えた。

「なるほど。……なんという茶番だ。もう良い」

親父さんはそう言ってから、真桐先生に視線を向けた。

「……どうやらお前を教師になどしたのが失敗だったようだ。ウチの事務所で働いていれば、こんなくだらないことをする気も起こらなかっただろうに……」

怒り心頭の様子で、親父さんは真桐先生を睨《にら》みつけて言った。

口調が荒々しいわけではない。しかし、有無を言わせぬプレッシャーが、確かにあった。

その視線に、真桐先生は肩を震わせてから、言う。

「なっ……!?　お父さんに失敗と言われる覚えはないわ！　それに、お見合いを勝手に決められていなければ、そもそもこんなことだってしなかったわ！」

しかし、その真桐先生の反論に、

「戯言《たわごと》を抜かすなっ！」

再び、一喝。

あまりの迫力に、真桐先生は何も言えなくなっていた。

「……なるほど、分かった。どうしてお前が頑《かたく》なに縁談を拒絶するのか。そして、お前がなぜ教職に就くのにこだわったのかが。……失望したぞ」

「だから、私はっ！」

「言い訳は不要だ。……高校教師が未成年の生徒を実家に連れて親に会わせるなど、正気の沙汰とは思えん」

それから、深くため息を吐《つ》き。

固く、圧力のある声音で、親父さんは続けて言う。

「妻が亡くなってから、私はお前を甘やかしすぎていたのかもしれないな。この父の不徳を許せ。そして、今私がお前の目を覚まさせてやる……！」

そう言って、親父さんは手を振り上げた。

それを見た真桐先生が、悲しそうな表情を浮かべてから、きつく目を閉じる。

俯《うつむ》いた真桐先生の頬を、親父さんが勢いよく平手で打とうとして――。

「……なんのつもりだね」

俺は、親父さんの腕を摑《つか》んでいた。

余計な口出しをしないように黙っていたが、目の前で暴力が振るわれるのならば、話は別だ。

不安そうに、真桐先生がこちらを窺《うかが》っていた。

だけど、彼女に応じる前に、俺は親父さんに向かって告げる。

「確かに俺たちは、あなたに嘘《うそ》を吐きました。その俺が偉そうなことを言える立場じゃないって分かっていますけど……。それでも、せめて真桐先生の話は聞いてもらえませんか？」

その言葉に、親父さんは俺を睨む目をなお鋭くさせる。

「その手を離したまえ」

傲岸な態度で親父さんは言う。

俺は真桐先生と親父さんの間に入ってから、言われた通りに手を離した。

「真桐先生と共謀して、あなたを騙《だま》したことを、まずは謝らせてください」

それから、俺は頭を下げながら「すみませんでした」と謝罪をする。

「君は芯のある男だと思っていたが、私の目も曇っていたようだ」

忌々しそうに、親父さんはそう吐き捨てた。

「確かに、あなたの言う通りです。俺は嘘を吐いてばかりの、卑怯《ひきょう》者《もの》に違いないです。

だけど……、自分の娘の話は、ちゃんと聞いてあげてください」

俺が言うと、ふんと鼻を鳴らしてから、親父さんは言う。

「親には、子を育てる責任がある。そして、私の子供である千秋《ちあき》がこうなってしまったのは、教育が間違っていたからに他ならない。ならば、正すのが道理だ。間違いが分かり切った千秋の戯言など、聞くに堪えん」

先ほどから話を聞いてなんとなく察したが、親父さんは俺の年齢についてだけが『嘘』だと思っていて、俺と真桐先生が恋人関係だという嘘については、未《いま》だに信じている。

ただの生徒を、縁談を断るためだけに実家に呼ぶなんて、自分で提案しておいてなんだが、割と非常識な話だ。

しかし、恋人関係を否定しようとしても、一度嘘を吐いてだましている以上、簡単には信じてもらえないだろう。

「……話を聞く前から、間違いだと決めつけないでくださいよ」

俺はただ一言告げた。親父さんは憐《あわ》れむような視線を向ける。

「若さ故の愚かさだ。君たちのその関係は許されるものではない」

しかし、俺の言葉は届かない。完全に誤解をしたままだ。

「被害者である君には悪いが……今すぐにここから出て行きたまえ。タクシーで家まで送らせよう。金ももちろんこちらで出す」

真桐《まきり》先生と俺の意思を、まとめて蔑《ないがし》ろにするその言葉に、俺は口を開いて唖然《あぜん》とする。

「君が千秋をどう思っていようが、関係ない。後日、正式に謝罪をしよう。だからこれ以上……」

俺に腕を掴まれたままだというのに、尚《なお》も迫力を増す親父さんは、静かに告げる。

「他人の家のことに口出しをしないでもらえるだろうか?」

有無を言わさない親父さんの態度と言葉。

考えてみれば、そうなるのも仕方ないかもしれない。

彼は自分の正しさを信じ、娘が過ちを犯したと考えているのだ。

それなら、頑なに俺たちの話を聞こうとしないのは、間違っていないのだ。

むしろ、この状況でそう思わないのは、逆に難しいとも思う。

やれやれと言った様子でため息を吐く彼と……諦観の表情を浮かべ、こちらに弱々しい視線を向けてくる真桐先生。

きっと、ここまで来て何もできなかった俺のことを責めるつもりは毛頭ないはずだ。

ただ、自らの無力に打ちひしがれ、そして——。

それを受け入れようとしている。

俺は、その眼差《まなざ》しを知っている。

その気持ちを、理解できる。

高校に入学し、池《いけ》と真桐先生に出会う前の俺と――。

理解されることを諦めて、誤解されている自分を受け入れた俺と。

今の真桐先生はきっと、同じだ。

……だからこそ。

真桐先生が親父さんに立ち向かうために。

俺は、ただ彼女の隣にいるだけじゃ、ダメだ。

拳を固く握りしめてから、顔を上げ、親父さんを真《ま》っ直《す》ぐに見る。

「嫌です。なんと言われても、口出しさせてもらいます」

俺の言葉に、真桐先生が「え？」と小さく呟《つぶや》いたのが聞こえた。

苛立《いらだ》ちを隠そうともせずに、とうとう声を荒らげる親父さん。

「こんなことになると分かっていたら、お前に教職なぞ許しはしなかった！　過ぎたことは仕方がないが、これから起こるであろうことは、決して認めんぞ。お前が……お前だけでなく、他人を巻き込み不幸になろうとするのをこのまま見過ごすわけにはいかん！　今からでも遅くない、お前には仕事を辞めてもらい、事務所に入ってもらうぞ」

俺を睨む親父さんを見て、思う。

きっと、彼は真桐先生のことが、本当に心配なんだろう。

だから、冷静でいられない。

そんな人を相手にして、この場を上手《うま》く丸め込んで、綺麗《きれい》に解決……なんて。

池のような主人公ではない俺にはできない。

「……さっき、俺が真桐先生をどう思っていようが関係ないと言いましたね?」

「ああ、関係ない」

「関係ないわけ……ない!」

だから、かつての真桐先生がそうしてくれたように、彼女の背中を押す。

「真桐先生は、初めて尊敬できると思った大人です。周りの大人は俺のことを容姿で判断して、不良のレッテルを貼った。何もかも見た目通りの中身だと決めつけて、忌み嫌う大人しか俺の周りにはいなかった」

訝《いぶか》しむように俺に視線を送る親父さん。

「だけど、真桐先生はそんな俺に寄り添ってくれたんです。口下手で不器用で、気に入らない相手には手が出てしまうような、誰にも優しくなれなかった俺なんかに、見た目だけで判断せずに、手を差し伸べて、背中を押してくれたんです。だから、俺にとって真桐先生は、初めてできた恩師で……大切な人なんです」

だからこそ。

真桐先生が理解されないのであれば……。

俺が彼女に寄り添って、その背中を押したい。

「今の俺には、友人がいて、頼りにしてくれる後輩もできた。嫌なことは、そりゃもちろん今も山ほどある。それでも毎日悪くないって思えるのは、周りにいてくれる人達《ひとたち》と……真桐先生のおかげなんです」

真桐先生が「友木君《ともき》……」と、震える声で呟いたのが耳に届いた。

「だから、俺は――。真桐先生にも、毎日が悪くないって思ってもらいたい」

俺はそう言ってから、親父《おやじ》さんを見た。

「……済まなかったな、友木君。何があったかも知らないまま、勝手に間違いだと決めつけてしまった」

どこか穏やかな表情で、親父さんは言う。

分かってくれたのか。そう思ったが……。

「君はまだ若い。若すぎるほどに。……だから、気持ちだって移ろうこともあるだろう。もっと多くの人と出会い、もっと素晴らしい出会いを経験することもあるだろう。今はまだ分からないかもしれないが、だからこそ。今ここで、君と千秋を、私は引き離さないといけないんだ」

――しまった。

先ほどの俺の言葉。

俺と真桐先生が恋人同士だと勘違いしている親父さんからすれば、唐突に彼女に惚《ほ》れた理由を語りだしたのだと思われてしまったことだろう……っ！

どうすれば良い。

なんと言えば良い。

俺にできることは、他に何がある。

俺がなんと言えば、親父さんの誤解は解けるんだ……？　考えても、何も閃《ひらめ》くことはなかった。

「もう良いのよ、友木君」

俺の耳に、真桐先生の言葉が届いた。

真っ直ぐに真桐先生を見ると、彼女の目は涙で潤んでいた。

「もう、十分よ。……ありがとう」

そんな、諦めるなんて……、と彼女の言葉を聞いて一瞬そう思ったが、どうやらそれは違うようだった。

「お父さん、嘘を吐いてだまそうとして、ごめんなさい。恋人の一人も連れてこないで、心配をかけてばかりでごめんなさい」

真桐先生は一度深く頭を下げた後、力強い意志を秘めた眼差しで、親父さんを見た。

「子供じみた考えだと、私も分かっているけれど、運命的な恋愛がしたいって思っているの。……だから、お見合い結婚をするつもりはありません。もっと、早く伝えるべきだったわ」

真桐先生は、ちゃんと自分の言葉で、ようやく伝えた。

これまでずっと自分の気持ちをぶつけられなかった親父さん相手でも、自分の気持ちを伝えられるから。

だから、もう良いと。もう十分だと。俺にそう言ったのだ。

「……お前は、自分が何を言っているのか分かっているのか？」

静かに、親父さんは問いかける。

「私は、確かにお父さんの子供です。いつまで経《た》ってもそれは変わらない。だから、心配をするのも分かるし、道を間違えそうな時はひっぱたいてでも止めようとするのも分かる」

「なら、大人しく私の言う事を聞きなさい……！」

「それは、いや。……何も考えずに他人の言う事に身を任せて従うだけの主体性のない人間が、生徒に対して何を教えられるというの？」

「間違いだらけの人間が教えることなど何もない！」

「もちろん、間違うことも多いわ。私は、とても完璧で、潔白な人間だなんて言えない。失敗もするし、憂鬱な時はお酒に逃げることもあるし、生徒に助けてもらうことだって、たくさんある」

親父さんはその言葉を、眉根を寄せて聞いていた。

「だからこそ、私は弱い生徒の気持ちを知っている。辛《つら》い時に一人でいる孤独が分かる。そんな生徒に寄り添いたいって思えるの！　間違いや失敗を、伝えることができるの！」

「それは、自分の弱さを正当化する、甘えた言い訳にしか聞こえん」

「……お父さんの言う通り、これはただの甘えかもしれない。だけど、弱さがあるから、私は生徒に寄り添いたいって思えたの。完璧じゃないから、私は生徒と一緒に成長ができるの。それに、何より……」

真桐先生は、そう言って俺を見た。

「こんな私のことを『恩師』って言ってくれる人がいるのよ……」

強い意志を宿した瞳を見て、俺は無言のまま頷《うなず》いた。

「だから、私は。教師として間違えていないって、胸を張って言わなくちゃいけないの！　その生徒の憧れが間違いじゃなかったって思ってもらえるように、胸を張れるような先生であり続けたいの！」

俺は、安心した。

俺の言葉が彼女の背中を、ほんのわずかだったとしても、押すことができたのだと。

ほんの少しかもしれないけれど、真桐先生に恩を返すことができたのだと。

彼女は、自分の父親と、真っ直ぐに向かい合う。

一切の怯《おび》えも迷いも見せないその振る舞いは、とても凜々《りり》しく。

「私はお父さんの子供です。だけど今は私を先生と呼んでくれる生徒たちにとって、信頼すべき大人なんです。だから、自分のことは自分でちゃんと考えて決めます」

堂々と言葉を紡ぐその姿は、思わず見惚《みと》れるほど美しく。

「それに何より。……自分が一生を添い遂げる運命の相手が、もしもいるのだとすれば」

満面に湛《たた》えたその笑みは――。

「私はその人と、ドキドキするような――運命みたいな恋愛をしてみたいの」

……まるで恋する少女のように、愛らしかった。

☆

真桐先生の言葉を聞いて、親父さんは押し黙った。

眩《まぶ》しいものを見るように、彼は目を細めて真桐先生を見る。

それから、固く閉ざしていた口を、ゆっくりと開いた。

「……お前が私にここまで口ごたえするのは、初めてだな。これが、成長……かどうかは分からんが」

と感慨深く呟《つぶや》いてから、

「……全く。こんなバカ娘、恥ずかしくて他人様《ひとさま》に紹介できるわけがないだろう。責任を

持って、私が先方に頭を下げなければならんな……」

ふぅ、と短く息を吐いた。

それから、親父さんは続けて言う。

「お前のようなバカ娘のことなぞもう知らん。……好きにするがいい」

突き放したような言葉。だが、親父さんの浮かべている表情は……どこか、柔らかかった。

「ええ。そうさせてもらうわ。……ありがとう、お父さん」

真桐《まきり》先生がお礼の言葉を言うものの、彼はプイとそっぽを向いたまま。

困ったように、真桐先生は苦笑する。

親父さんが、今度は俺に視線を向けてくる。

「……思えば、自己紹介もまだだったな。私の名前は、真桐千之丞《まきりせんのじょう》。千之丞と呼ぶがいい。

それで友木君――いや、優児《ゆうじ》君」

するとと彼は満足そうに頷いてから、口を開いた。

「少し早いが、夕飯を食べていくと良い」

☆

和室から食卓へ移動すると、豪勢な料理が並んでおり、驚いた。家政婦さんが用意してくれたのだろう。

ちなみに、その家政婦さんはと言えば、既に帰ったようだ。

俺と真桐先生は隣同士に座り、その正面に千之丞さんが腰を下ろした。

「それでは、頂くとしよう」

箸を手にした親父さんは、そう言ってから料理に箸を伸ばす。

俺と真桐先生も「いただきます」と呟いてから、料理を食べ始めた。

「美味《うま》い！」

どれも美味くて、箸が止まらない。

「そうね、やっぱり田熊《たくま》さんの作るご飯は美味《おい》しいわ」

真桐先生も、久しぶりの家政婦さんの料理に喜んでいるようだ。

しかし、千之丞さんは仏頂面をしている。

どうしたのだろうかと思ったら、

「確かに、田熊さんの料理の腕は確かだが……千秋《ちあき》の手料理も、負けず劣らず、美味い」

唐突にデレた。

「確かに、真桐先生の作った料理は、どれも本当に美味かったです」

俺が言うと千之丞さんは、

「うむ、分かっているのならば、良い」

と満足そうに頷いた。

「きゅ、急に変なことを言わないでちょうだい……」

不服そうに呟く真桐先生は、照れているのか頬を赤くしていた。

田熊さんの料理に舌鼓を打ちながら、時折会話を交わしていく。

「時に、優児君。君は法律関係の仕事に興味はないかね？」

千之丞さんが俺に問いかけてくる。

「ちょっと、何を言っているのよ、お父さん？」

真桐先生が慌てた様子で問いかけるが、

「千秋には聞いていない。大人しくしていなさい。……それで優児君。君のように自分の言葉を堂々と相手に伝えられる若者は、うちの事務所にも中々いない。学校を卒業後の話にはなるが、私の事務所で働いてみる気はないか？」

先ほど質問責めにあっていた時から薄々感づいてはいたが、どうやら俺は、千之丞さんに気に入られたようだ。

生意気なガキと思われていないようなので、安心する。

「法律関係っていうのは、まだぴんとこないんですけど……選択肢の一つとして、考えさせてください」

「ああ、今はそれで良い。今後の進路を考える時の選択肢の一つとして、前向きに検討してくれたまえ」

満足そうに千之丞さんは言う。

「何を勝手なことを言っているのよ……」

隣では真っ赤な表情で真桐先生が呟いていた。

自分の生徒の進路について、教師でもない親が口出しをするのが気に入らなかったのかもしれない。

☆

「優児君、折角だ。風呂にも入っていくと良い」

食べ終えた食器の片づけをする俺と真桐先生の姿を温かな眼差《まなざ》しで見ながら、千之丞さんはそう言った。

「お父さん、友木《ともき》君を送り届けることも考えて、そこまで遅くまではいられないわよ」

「良いではないか。私の自慢の風呂場を、彼に見て欲しくてな」

どこか照れくさそうに、千之丞さんは言う。

……そこまで俺のことを気に入ってくれたのか。俺は、嬉《うれ》しくなる。

「それじゃ、お言葉に甘えて」

俺の言葉に、千之丞さんは嬉しそうに笑みを浮かべ、真桐先生は呆《あき》れたようにため息を吐《つ》いた。

タオルを借りて風呂場へ向かう。

脱衣所で服を脱いでから浴室に入り、そして驚く。

「おおっ！　檜《ひのき》風呂だ……！」

広い和風の浴室内に、大人でも二、三人ほどは同時に浸《つ》かれそうな大きな浴槽。

自宅に設置できるものなのだと感心しつつ、俺はまずシャンプーで髪の毛を洗う。

次に身体《からだ》を洗おうとしたところで、扉が開かれる音が聞こえて、俺はそちらを振り返った。

そこにいたのは――。

「どうだね、私自慢の浴室は？」

一糸纏《まと》わぬ姿の千之丞さんだった。

年齢を感じさせない、弛《たる》みなく引き締まった肉体。

「すごいです。俺も広い風呂って好きなんで、こういうの憧れます」

正直な感想を言うと、彼は満足そうに頷き、笑顔を見せた。

「そうだろう。この浴室の手入れだけは、田熊さんにも任せずに、できる限り私がしているのだ。その甲斐《かい》あって、いつも気持ちよく風呂に浸かれる」

「……ところで、なんで親父《おやじ》さんは、ここに入ってきたんですか？」

俺は問いかけたのだが、千之丞さんに反応はない。聞こえていないはずはないのに……

と思案したが、思い当たることがあった。

「すみません、千之丞さんは、どうして風呂場にいるんですか？」

「君の背中を流そうと思ってな。嫌だったかね？」

どこか遠慮がちに問いかけてくる千之丞さん。どうやらちゃんと名前を呼ばないと、反
応をしてくれないらしい。萌《も》えキャラのようなオッサンだった。

「それじゃ、俺も千之丞さんの背中を流させてもらいます」

「ははっ、楽しみだな」

俺の言葉に、快活な笑みを見せる千之丞さん。

早速、俺は彼に背中を洗ってもらうことに。

ボディタオルで石鹸《せっけん》を泡立て、それでごしごしと背中を擦《こす》られる。

心地よい力強さだ。

「時に、優児君」

「なんですか？」

「千秋とは、いつから交際をしているんだね？」

……そういえばまだ俺と真桐先生が付き合っているという誤解をしたままなのか。

俺ははっきりと言う。

「いえ、俺と真桐先生は恋人ではないですよ」

「ははは、下手くそな嘘《うそ》だ。ただの生徒をわざわざ実家に連れて、見合い話を持ってきた親に紹介する教師など、いるわけがないだろう」

それはまさしくあなたの娘さんですよ。そう言いたかったが、朗らかに笑うのを見ると、何も言い返せなかった。

「しかし、確かに世間には隠さなければならないことだろう。私にすら言ってもらえないのは残念だが、それほど徹底的に隠すつもりなのだと解釈しておこう。だが、いつかちゃんと、話をしてくれたまえ。私は君たちを、応援しているのだから」

少しだけ寂しそうな声音で、彼は言った。

……誤解が深まったようで、俺は焦った。

そんな俺に、彼は続けて言う。

「私は、愚かな親だった――」

背中を擦る手が止まった。

千之丞さんは、固い口調でそう呟いた。

「妻が早くに亡くなり、きっと千秋は寂しかったのだろう。だがあれは、わがままも言わずに、こんな不器用な私を支えてくれた。……私は間違いなく、千秋がいてくれたからこそここまでやってこられたのだ。妻が亡くなり、辛《つら》かったが。それでも、家族を持って私は幸せだった」

　優しさに満ちた声で、千之丞《せんのじょう》さんは言った。

「……だが、私は間違えてしまった。千秋を大切に想《おも》うあまり、自分の都合を押し付けた。初心《うぶ》な娘だ。悪い男にコロッと騙《だま》されて不幸な目に遭うくらいならば、私がこれと見定めた相手をあてがい、幸せな家庭を築いて欲しかった。そう思って千秋の意思を無視してまで、見合い話を進めていた。……彼女は既に、自分の幸せを自分で手に入れられる大人になっていたにもかかわらず」

　まるで、懺悔《ざんげ》するかのように千之丞さんは言葉を紡ぐ。

「結局私は、娘のことも信じてやれない、愚かな親なのだ」

　俺はその言葉を聞いて、背中をお湯で流してから、立ち上がる。

　それから、彼が手にしていたボディタオルを受け取って、一度流してから再び泡立てた。

「何を……」

　動揺する千之丞さんの背中を、俺は泡立てたボディタオルで強く擦《こす》りながら、口を開く。

「前、真桐《まきり》先生が言っていたんですよ。俺の背中の広さで、千之丞さんの背中の広さを思い出したって」

俺の言葉に、彼は無言のままだった。

「でも、こうして実際に見ると、それって勘違いだと思うんですよ」

「……確かに、君の方がよっぽど大きな背中をしている」

自嘲気味に呟《つぶや》いた千之丞さんに、俺は言う。

「俺は、ただ図体《ずうたい》がでかいだけです。娘の人生背負った親父の背中に、俺みたいなガキの背中を重ねるなんて、困った勘違いです。……こんなデッカイ背中の男になれるか、正直自信がないですから」

目の前にある背中の大きさに、俺は尊敬の念を抱く。

「千之丞さんが真桐先生を大切にしていたのは、きっと分かってもらえてます。男手一つ、必死に育ててくれた父の誇れる娘でありたい、って。彼女は、俺にそう言ってました」

シャワーを使って、俺は彼の背中の泡を流していく。

真《ま》っ直《す》ぐに伸びた背筋はきっと、彼の娘に対する想《おも》いと、なんら変わりはないのだろう。

「その言葉を……千秋が？」

震える声で、千之丞さんは確かめる。

俺は、「はい」と一言応じた。

「そうか。……そうか」

千之丞さんはそう呟いた後、堪《こら》えきれずに涙を流し、時折嗚咽《おえつ》が漏れ聞こえる。

彼が真桐先生に自分の都合を押し付けて、話を聞こうともしなかったのは間違いだったのかもしれない。

——それでもきっと。

彼が彼女を大切に想う気持ちに、間違いなんてなかったのだと。

涙を流す彼の背中を見ながら、俺はそう思った。

「優児《ゆうじ》君っ。あれは、私の宝だ！　それでも君なら、千秋《ちあき》を間違いなく幸せにできると、私は信じている」

そう言ってから、俺の方を振り返り、そして頭を下げてから千之丞さんは告げる。

「これから、君たちの前には様々な困難が待ち受けているだろう。だが、どうか千秋のことをよろしく頼む。……私にできることがあるのならば、協力も惜しまない」

——残念ながら。

その誠実な想いが勘違いであることに、俺は気づいている。

「本当に言い辛《づら》いんですけど——俺たちは本当に、恋人同士というわけじゃないですから」

気まずいが、俺は正直に、もう一度そう言った。

「君は、呆れるほど強情な男だな。……私によく似ている。益々《ますます》、気に入った」

くっくっとおかしそうに笑い声を上げて、千之丞さんは続けて言う。

「分かっている。君たちは交際をしていない。……だが、それでも改めて言わせてくれ」

それから真剣な眼差しを俺に向けながら、彼は力強く告げる。

「千秋を、よろしく頼む」

その晴れ晴れとした千之丞さんの表情を見て――。

あ、これ絶対に分かってないやつだな。

と、内心で頭を抱える俺だった。

19. 先生

「……なんだか、妙に長かったわね」

風呂から上がった俺と千之丞さんをジトッとした眼差《まなざ》しで見てから、真桐先生は言った。

「男同士の話をしていただけだ」

ふんと、そっぽを向く、目元を赤くはらした千之丞さん。

彼はそれから、真桐先生に向かって、続けて言う。

「千秋も、久しぶりに風呂に入ってくると良い」

「いいえ、結構よ」

「遠慮することはない。友木《ともき》君は私がもてなしておこう。それに、なんだったら今日は家に泊っていっても良い」

嬉しそうにそう言った千之丞さんに、真桐先生は一つため息を吐いてから、言う。

「もう良い時間なのだし、このまま友木君を家に送り届けるわ。これ以上、こちらの勝手な都合で友木君を振り回すわけには、いかないわ」

「お前がそれを言うのか……」

千之丞さんは唖然《あぜん》とした様子でそう呟いた。真桐先生はすっと視線を逸《そ》らした。

その後、千之丞さんはどこか寂しそうな表情を浮かべてから、言う。

「……確かに、まだ学生の友木君を遅くまで引き留めてはいけないな」

千之丞さんの言葉に、真桐先生は立ち上がる。

それから、微笑《ほほえ》みを浮かべてから言う。

「今日はお父さんに、ちゃんと話せて良かったわ。……それじゃ、もう行くわ」

「ふん。……見送りくらいはしよう」

千之丞さんのその言葉に、真桐先生は柔らかく笑う。

それから三人で玄関に向かい、俺と真桐先生は車に乗り込んだ。

「また、二人で遊びに来ると良い。……いつでも、歓迎する」

「それは……どうかしら？」

視線を泳がせて困ったように答える真桐先生と、どこか楽し気に笑みを浮かべる千之丞さん。

確実に誤解をしたままだった。

「それじゃあ、帰るわ。またね、お父さん」

「ああ、気を付けるんだぞ。……優児君も、また会おう」

穏やかな笑みを浮かべる千之丞さんに、俺は苦笑を浮かべつつ、

「はい」

と、一言返す。

それからすぐに真桐先生は車を動かし、彼の姿はあっという間に見えなくなった。

車内は、しばし無言だった。真桐先生も、疲れているのだろう。

気分転換に何か話題がないだろうか、と考えていると、真桐先生が俺に向かって言った。

「少しだけ、寄り道をしても良いかしら？」

「寄り道ですか？　良いですよ」

コンビニにでも寄るのだろうか。そんな風に考えて、俺は答えた。

そして、数分間の移動の後、真桐先生はとある公園の前に車を停《と》め、無言のまま外に出た。

どうしたのだろうかと思いつつ、俺も彼女に続いた。

冷房の利いた車内から出ると、熱を含んだ夜風が頰を撫《な》でる。

早速、額から汗がにじんだ。

「寄り道って……ここですか？」

到着したのは、どこにでもありそうな、普通の公園。

「ええ、そうね」

そう言いつつ、真桐先生は歩を進めていく。俺も、彼女の後に続いて歩いた。

どこにでもありそうな、こぢんまりとした公園で、周囲には人気も全くなかった。

そして、奥にまで進むと鉄柵があった。

どうやら丘の上にある公園のようで、ここからは街並みを見下ろすことができた。

「学生時代、私はこの公園に一人でよく来ていたの」

柵にもたれて、真桐先生は懐かしむようにそう言った。

「……この景色を見にですか？」

俺の言葉に、彼女はゆっくりと頷《うなず》いてから言う。

「ええ。……あまり、ここの景色は好きじゃないけれどね」

「……え？　好きでもない景色を見るためにここに来るって……なんでですか？」

真桐先生の言葉の真意が分からず、俺はそう問いかけていた。

彼女は、寂しそうな表情を浮かべながら、言った。

「この公園から見下ろせる街並み、暖かな家庭の光を見て、私はいつも……寂しかった」

彼女の言葉に、俺は眼下に広がる景色を見る。数多く並ぶ住宅街。特段、綺麗《きれい》な夜景と言えるようなものではない。ただ、住宅から漏れる灯《あか》りを見ると、真桐先生の言いたいことが分かったような気がした。

家族の団欒《だんらん》が、きっとそこにはあるのだろう。

「私は、裕福な生活を送れていたとは思うの。それでも、友人がいないことが、……遅くまで父が帰ってこないことが、母がいないことが、……私には辛くて、寂しかった」

真桐先生は、目を細めながら言う。

彼女の眼《め》にはきっと、この街並みの光が、眩《まぶ》しく輝いて見えているのだろう。

「その辛《つら》さも寂しさも、私は今も覚えている。きっと、忘れることなんてできないでしょうね。……だから。私と同じように寂しさや辛さを抱えている子に、手を差し伸べられるような大人になりたいって。それで……教師になりたいと思ったの」

彼女はそれから、視線を俺に向ける。

とても、申し訳なさそうに、弱々しい笑みを浮かべながら。

「友木君。あなたは私に『救われた』なんて言ってくれるけれど。でも、それは違うのだと私は思うわ」

「それは、どういう意味ですか？」

真桐先生に、俺は問いかける。

「……私は、周囲に上手《うま》く馴染《なじ》めないあなたに、自分を勝手に重ねていた。あなたが事件を起こした時、懸命に動いたことも。あなたとお父さんが不仲だからと、家庭訪問に伺ったことも。……私がしたことは、子供じみたエゴに過ぎないの。自分を重ねたあなたが救われたことで、私も救われた気になりたかっただけ」

「……は？」

「……幻滅、したでしょう？」

とても不安そうな表情を浮かべて言う真桐《まきり》先生。

俺は彼女の言葉の意味を考えてから……

「動機がどうであれ、俺が真桐先生に救われたことには、何も変わりないんですけど」

呆《あき》れつつ、そう答えた。

「……え？」

真桐先生が驚いたような表情を浮かべる。

俺はそんな彼女を見て、一つため息を吐《つ》いてから、言う。

「そもそも、今の話を聞いても。自分が手を差し伸べてもらえなかったからこそ、他人のことは放っておけないと思う真桐先生は、やっぱり優しくて……すごい素敵な人だと思いました」

俺の言葉を聞いて、真桐先生はどこか呆《ほう》けたような表情を浮かべた。

もしかしたら、ちゃんと伝わっていないのかもしれない。

そう思い、俺は続けて言う。

「分かりやすく言うと……真桐先生はやっぱり、俺にとって自慢の先生だって。改めて、そう思ったってことですよ」

正直な気持ちを伝えるのは恥ずかしかったが……。

それでも、過去の話まで教えてくれた真桐先生に、俺は真《ま》っ直《す》ぐに言葉を伝えることにした。

俺なんかの言葉が、なんの慰めになるかは分からないが、それでも――。

彼女には、胸を張って欲しいと思った。

俺は真桐先生の様子を窺《うかが》う。

彼女はハッとした表情を浮かべてから、瞳を潤ませ、肩を震わせて俯《うつむ》き、それから……。

俺の胸に、彼女は額を寄せた。

「……ありがとう、友木君」

「あの、真桐先生……？」

「もう色々と、手遅れだけど、やっぱり私は、あなたの前ではちゃんとした先生でありたいわ……」

もしかしたら今、真桐先生は声を殺して涙を流しているのかもしれない。……生徒の俺に対し、教師の真桐先生は、泣き顔を見られたくなかったのだろう。

「だからお願いよ、友木《ともき》君。……もう少しだけ、こうさせて」

「うす」

俺は短く返事をした。

彼女が今、どんな気持ちなのかは分からないが、聞くのも野暮だろう。

だから、俺はただ無言のまま、俯く彼女に胸を貸すのだった。

☆

「……ごめんなさい、友木君。自慢の先生って言ってもらったばかりなのに、私はあなたに甘えてばかりね」

しばらくしてから、少し落ち着いたのか、俺の胸に額を押し付けたまま、震える声で真桐先生は言った。

「良いですよ。頼って欲しいって言ったのは、俺ですし」

俺が答えると、真桐先生は大きく息を吸い込んでから、それでもまだ震える声で、俺に向かって言う。

「友木君の言葉、とっても嬉《うれ》しかったわ。私は間違っていなかったんだって、そう思えたから」

それから顔を上げる。

朱《あか》く、上気した頬。

そして、上目遣いでこちらを見上げながら、彼女は続けた。

「ありがとう、友木君」

屈託なく笑うその表情を見て、俺は自分の言葉が彼女に届いていたのだと思い、なんだか嬉しくなるのだった。

☆

そして、公園を後にして、真桐先生の車に二人で戻る。

乗車してから速やかに車は発進したのだが……またしても、しばらくの間、車内は無言だった。

先ほどまで二人でくっついていたものだから、気恥ずかしい。

「……今日は疲れたでしょう？　帰りは寝ていなさい」

「いや、真桐先生の眠気覚ましに付き合います」

「……いいから、眠っていなさい」

……どうやら、自分の弱いところを見せてしまった真桐先生の方がよっぽど恥ずかしかったようだ。

頑《かたく》なに俺に対して睡眠を命じる真桐先生に、俺は首肯してから答える。

「それなら、お言葉に甘えます」

「ええ。着いたら起こすわ。だからそれまで……ゆっくり、休んでおきなさい」

瞳を閉じた俺の耳に、彼女の優しい声が耳に届いた。

どうやら俺は、自分が思っていたよりも疲れていたらしく、すぐに微睡に沈むことになった。

☆

どれくらい眠っていただろうか？

俺は瞼《まぶた》を開ける。

慌てた様子で顔を背ける真桐先生が、俺の視界に入った。

窓から周囲を見ると、彼女のマンションの近くの道路で停車しているようだった。

「……もしかして、今着いたところだったんですか？」

「……！　え、ええ。そうよっ！　今着いたばかりで、起こそうとしていたところだけど、ちょうどあなたの目が覚めて、驚いてしまったの」

俺の問いかけに答える真桐先生は、続けて言う。

「それじゃ、友木君のお家まで送るから、案内してくれるかしら？」

「いえ、ここで良いっすよ。歩いて数分ですし」

そう言ってから俺はシートベルトを外し、車外に出る。

「そ、そう。それなら、気を付けなさい」

どこか残念そうに言う真桐《まきり》先生を見て、気が付いた。

先ほどまでは暗くて気が付かなかったが、室内灯に照らされた真桐先生の顔が、真っ赤になっていた。

「顔真っ赤ですけど、大丈夫ですか？」

俺が問いかけると、真桐先生は慌てて顔を逸《そ》らした。

「だ、大丈夫よ！」

「運転、疲れたんですかね。無理してないですか？」

「む、無理なんてしていないわ、ありがとう。……そんなに心配しなくても、原因は分かっているわ」

真桐先生は、なぜか恨めしそうな表情をこちらに向けてから、そう言った。

どういう意味なのかは分からなかったが、確かに元気そうではあった。

「……それじゃ、俺はこれで。真桐先生も、運転気を付けて下さい」

運転席にいる真桐先生に言うと、彼女は逡巡《しゅんじゅん》してから俺に声をかけてきた。

「ねぇ、友木君。私はこれからも、あなたのことを頼りにしているわ。だから……」

「どうしたんですか、改まって」

何かを決心したような表情を浮かべてから、彼女は続けて言う。

「あなたも、困ったことがあれば、なんでも私に相談しなさい。……良いわね？」

「うす、これからもよろしくお願いします」

俺の言葉に、真桐先生はどこか照れくさそうな表情を浮かべて、プイッとそっぽを向いた。

失礼だとは思うが、なんだかその仕草が子供っぽくて、可愛《かわい》らしいなと思っていると、

「ねぇ、友木君。教えてもらいたいことがあるのだけれど――」

唐突に、彼女から想定外の質問を受けるのだった。

初恋

実家から自宅付近までの距離を走り終え、路肩に車を寄せて停車させる。

一息ついてから、助手席に座る彼を、私はそっと横目で窺《うかが》った。

穏やかな寝息を立てて、とても気持ちよさそうに眠っていた。

こうして寝顔を見ると、普段の大人びた態度や怖い表情も嘘《うそ》みたいに可愛らしく見えるのだから不思議ね。

そう思うと同時に、私を彼のお嫁さんにして欲しいなと思った。

……って、違う、そうじゃないわ！

私は頭を振って、冷静になってからもう一度考える。

そう、友木君のこんなに可愛らしい寝顔を、他の誰にも見られたくはないと思っただけよ！

……こ、これも違ったわ！

おかしなことしか考えられない頭を抱えて、私はうーんと考え込む。

時折チラリと友木君を横目で見ながら分かったことが一つある。

それは――、私の気持ち。

私は未《いま》だに気持ちよさそうに眠る友木《ともき》君の横顔を、もう一度じっくりと眺める。

きゅっと締め付けられるように胸が苦しくなって、私は両手で押さえる。

溢《あふ》れる想《おも》いが止められなくて、私は微《かす》かな声で、囁《ささや》いた。


「……好きよ」


ぐっすりと眠る彼に伝わらないのは、百も承知。

それでも、これまでずっと胸の奥底に押し込んでいた気持ちを口にしてしまったせいで。

私のこの想いが、もう止められないものなんだと自覚した。

私が泥酔しながらコンプレックスを叫んだあの日から、これまでの日々をすごしたことで、彼に対する気持ちはきっと、特別なものになっていたのだろう。

それがいつから、明確な恋心に変わっていたのかは、私自身分からない。

だけど……。

優しくって、思慮深くて、大人びていて。

それに、真面目で努力家。

私のことを見捨てずに、いつだって相談に乗ってくれるくらい面倒見も良い。

いつも助けてくれて嬉しいし、私のことを思って怒ってくれるし。

お父さんに自分の気持ちを伝える後押しまでしてくれた。

――こんなに素敵な男の子が傍《そば》にいたら、年齢＝彼氏いない歴である私は、好きになるに決まっている。

私は先生なのに、年下の生徒に、初めての恋をしてしまった。

それに彼は……どうしても、放っておけない。

理不尽にさらされても、他人を恨むことなく。それどころか自身を顧みる。

そんな彼の脆《もろ》さが、私はとても心配で、放っておけなくなる。

彼の全部が愛《いと》おしい。

――私は、ただの恋する乙女のように、彼に夢中になってしまっている。

……本当に私をお嫁さんにしてくれないかしら？

さらに顔が熱くなったのを自覚しながらも、少女じみた妄想は止められない。

私は大きく息を吐いてから、もう一度彼へと視線を向けた。

「……やっぱり、カッコいいわ」

横顔を見ていると、私の視線は彼の口元に、自然と引き寄せられた。

それから……これまで以上に、心臓が高鳴った。

このまま、眠る彼の唇に自分の唇を重ねたいと、そう思った。

――そんなことをしてはいけないって、分かっているのに。

彼の唇に目を奪われて、思考もまともにできなくなる。

私の身体《からだ》は、言うことを聞かなくなっていた。

私は身体を倒して、彼に顔を近づける。

そのまま、私は――。

「……やっぱり、こんなのいけないわ」

キスをしようとして、やめた。

私は、彼とキスができたら、すごく嬉《うれ》しい。間違いなく、幸せな気持ちになる。

だけど、彼も同じようにそう思ってくれるかは分からない。

もしかしたら、本当に好きになった人のために、初めてのキスは取っておいているのかもしれない。

それなら、友木君に気持ちを伝えていない私が、無断で彼の唇を奪って良いわけがない。

それに――私にとっても、折角のファーストキスなのだから、彼の方から求められたいとも思った。

だから、私は彼の唇から目を離し。

「このくらいは、良いわよね……？」

自分に言い訳をするように呟《つぶや》いてから――。

彼の前髪を上げて、額に口づけをした。

☆

うん、と呻《うめ》いてから、彼は瞼を開けた。

あれからずっと彼の寝顔を眺めていたけれど、さっと視線を逸らして、私は平然を装う。

「……もしかして、今着いたところだったんですか？」

「……！　え、ええ。そうよっ！　今着いたばかりで、起こそうとしていたところだけど、ちょうどあなたの目が覚めて、驚いてしまったの」

流石《さすが》に、ずっと寝顔を眺めていたことに気づかれるのは恥ずかしいので、私はそう言った。

幸い、特に疑っている様子はなかった。

彼はそのまま車を出て、歩いて帰ると言った。

もう少し一緒にいたかったけれど、これ以上一緒にいたら……恥ずかしくて死んでしまいそう。

私は自分の唇に指先で触れながら、そう思う。

それから彼に別れの挨拶をすると……。

「顔真っ赤ですけど、大丈夫ですか?」

なんて、心配そうな表情で問いかけてきた。

室内灯で照らされて、気づかれたのかも。

不覚に思って、私はさっと顔を背けた。

「運転、疲れたんですかね。無理してないですか?」

「む、無理なんてしていないわ、ありがとう。……そんなに心配しなくても、原因は分かっているわ」

私の気持ちにちっとも気づかない友木君が、優しい声音で言った。

気遣われたのが嬉しくて、私の胸はまた高鳴る。

……それにしても。

この気持ちに気づかれても困るんだけど、私だけがこんなにドキドキするなんて、本当に不公平ね。

「……それじゃ、俺はこれで。真桐先生も、運転気を付けて下さい」

そう言って帰ろうとする彼。

私は、迷っていた。

それは、彼に私の気持ちを伝えるかどうか……ではなく。

「ねぇ、友木君。私はこれからも、あなたのことを頼りにしているわ。だから……」

私にとって、友木君は大好きな男の子。

だから、たくさん頼りにしたいし、甘えたい。

この気持ちを伝えたいし、受け入れてもらいたい。

——今すぐにでも。

「どうしたんですか、改まって」

私の態度を不審に感じたのか、友木君は不思議そうな表情で問いかけてきた。

友木君のことが好きだというこの気持ちを、ちゃんと伝えよう。

そう思ったけれど——。

深い信頼を確かに感じられる彼の眼差《まなざ》しを見て、私は口を噤《つぐ》む。そして、当たり障りのない言葉を口にした。

「あなたも、困ったことがあれば、なんでも私に相談しなさい。……良いわね？」

私は大人で、教師だから。

彼は子供で、生徒だから。

この気持ちを伝えるのは、間違いだ。

——なんて、真っ当な考えで、気持ちを伝えるのをやめたわけではなかった。

私が彼に気持ちを伝えることをやめたのは、彼が望む『真桐《まきり》先生』に気が付いたから。

友木君には、これまで信頼できる大人が、身近にいなかった。彼が私に対して、強い信頼感を持ったのは、結局のところは、『たまたま、タイミングが良かった』だけ。

もしも、彼が事件を起こした1年前。他の先生が親身になって解決に尽力していたのなら、友木君が信頼を寄せていたのは、私ではなく、その人に違いない。

自分勝手に気持ちを伝えて、彼を困らせることも、失望させることも。……何より、振られるのもごめんこうむりたかった。

彼は、私のことを……こんなに情けなくてダメダメな私なんかのことを。

自慢の先生だって言ってくれた。

それが、私には嬉しくて、幸せだった。

彼の周囲には、信頼できる大人がこれまでいなかった。

彼は、私には信頼できる大人でい続けて欲しいと願っているのだろう。

だから私は、彼にとって尊敬できる先生でいなくちゃいけない。

「うす、これからもよろしくお願いします」

……けれども。

自分の気持ちに蓋をして、奥底に追いやってでも彼の自慢の先生であり続けたいとは――願えないから。

「ねぇ、友木君。教えてもらいたいことがあるのだけれど――」

私はそう前置きをしてから、続けて言う。

「本物の恋人にするなら、年上と年下、あなたはどちらがいいかしら」

「え、いや……急にどうしたんですか？」

戸惑った様子の友木君。その反応はとても自然だと思う。

「いえ、少し確認しておきたかったのよ」

「どういうことですか？」

「鈍いわね……」

私は、自分の顔が熱くなっていることに気が付いている。なんだかすごく恥ずかしいけれど、私は言った。

「私は今回の件で、お見合い相手がいなくなってしまったの。だから今後もし、良い人が見つからなくって婚期を逃しそうになったら――友木君に、ちゃんと責任を取ってもらわないといけないでしょ？」

私の言葉に、「うっ……」と言葉に詰まる友木君は、慌てたように言った。

「マッチポンプじゃないですか……。まぁ、アリかナシかというか、全然良いとは思うんですけど、ただ真桐先生は美人なので、素が案外ポンコツなのがバレなければ、すぐに良い人が見つかるかとも思いますよ、というか……」

友木君の動揺を見て、私はおかしくなって笑ってしまう。

「……揶揄《からか》わないでくれません？」

「ごめんなさい。でも……私のポンコツっぷりも許容できる恋人が良いわ」

「それは……前途多難かもしれませんね」

「そうでしょう？　だから、ちゃんと友木《ともき》君の好みはリサーチをしておかないといけないの」

友木君は、「なるほど」と苦笑を浮かべて呟いた。

……今日のところは、このくらいで良いかしら。

「それじゃ、私も帰るわ。帰り道は気を付けなさい、友木君」

「真桐先生も、気を付けてください」

友木君の言葉に頷《うなず》いてから、私は車を走らせた。

もう助手席に友木君はいないけれど、それでも高まる鼓動は止まらない。

何度も深呼吸を繰り返し、心を落ち着けてから、私は自分の気持ちを整理する。

私は、『頼りになる真桐先生』であり続けながらも、これからは『真桐千秋《ちあき》』としても、彼に見てもらいたい。

だって、彼が私に『先生』ではなく『恋人』として一緒にいたいと思ってくれたら、彼に対する遠慮は何もなくなるのだから。

――そんなことを考える自分に、思わず自嘲してしまう。

彼の自慢の先生であり続けたいと願ったばかりなのに、早速彼との恋愛を夢見るなんて

――。

私はやっぱり、ダメな大人なのかも。

あとがき

『友人キャラの俺がモテまくるわけないだろ？3』を手に取っていただきありがとうございます、著者の世界一です。

と、いうわけで、お待たせしました！　第3巻発売&祝コミカライズ決定です！　これも、応援してくださった皆さんのおかげです。ありがとうございます！　お知り合いの方々には「この世界一という作家は、儂《わし》が育てた……」と是非自慢をしてくださいね！

……さて、この巻では、1、2巻で頼れる大人だったあの人が、一冊を通してメインとなっています。3巻を読んで、彼女のことを知っていただき、そしてこれまで以上に好きになってもらえたのなら、とても嬉《うれ》しいです。

そして、この巻はWEB版から大幅に加筆修正をしています。WEB版では優児《ゆうじ》くんが一年生の時に起こした事件について、描写していません。……書籍版でもまだ描き切れていないので、当時の春馬《はるま》くんと真桐《まきり》先生の大活躍をいずれ描けたらなと妄想してます。

ちなみに、この第3巻では名前・セリフ有りの新キャラが数名出ていますが、新ヒロインの乙女《おとめ》ちゃんとモブの田熊《たくま》さんを除くと、みんなオッサンです。料理上手な山本《やまもと》さん、萌《も》えキャラな千之丞《せんのじょう》さん、ラブコメ大好き優児の親父《おやじ》（実は書籍版オリジナルキャラ）。

それぞれ違った魅力を持った三人のおっさんの今後の活躍にも、乞うご期待です！……

乙女ちゃんも、もちろん大活躍しますので、ご安心ください。

また、お手紙をくださった皆さん。本当にありがとうございます！　これからも応援をしてもらえるように、頑張ります！　今後も気が向いた方は、「頑張れ負けるな世界一」先生係へファンレターを送り付けていただけると、最高にハッピーです！

それでは、唐突に謝辞です。

担当さん、今回も頼りっぱなしでしたが、おかげ様で納得いく物語を書くことができました！　これからも頼りにしていますので、よろしくお願いいたします。

素晴らしいイラストを描いてくださった、長部《おさべ》トム先生。担当さんに「ダブルピースの子」のイラストを紹介されて拝見し、特徴的な色使いと素敵なファッションセンスに目を奪われ、是非描いてもらいたいと思いました。そして今は、引き受けてもらって、本当に良かったなと思っています！　これからも、どうぞよろしくお願いします。

それから、この小説を出版するまでに携わってくださった方々へ、本当にありがとうございました！

そしてなにより、この本を手に取っていただいた読者の皆さん。本当にありがとうございます！　今後も皆さんに楽しんでもらえるような小説を書きたいと思っています。

最後に、次のページから、冬華《とうか》ちゃんが次巻の予告をするようですよ……？

予告

「先輩、私に何か隠し事をしていませんか？」

夏休みも半分が過ぎたとある日、先輩とのデート中のこと。

「え？」

「いつもはラブラブデートを心の底から楽しんでいるのに、今日はなんだかいつもと違って挙動不審気味なので、何かあったのかなって」

「別にいつもラブラブデートをしていないよな……」と、先輩は呟《つぶや》いてから、

「ああ、隠し事がある」

あっさりと隠し事をしていることを認めた。

「……ちなみに、一体何を隠してるんですか？　もしかして浮気ですか？」

呆《あき》れた風を装いつつ、内心ビクビクしたまま、私は先輩に問いかける。

「――悪い、説明できない」

優児《ゆうじ》先輩は思い悩んだ様子で、気まずそうに続けて言う。

「隠し事は、できればしたくないが、勝手に話せるようなことでもないし……悪いな」

「……念のための確認ですけど、本物の恋人ができたとか、そういう事じゃないですよ

ね？」

「ああ、そんなわけないだろ。……恋人ができた時は、ちゃんと報告するって前にも言ったたろ？」

その回答に、私はホッとした。

「ええ、覚えてますよ」

隠し事をされていることに、不満がないわけではないけれど……、本心を全て残らず曝《さら》け出して欲しいと思う資格は、私にはないと思った。

「まぁ、どんな隠し事があるのかを、根掘り葉掘り聞くのはやめておきましょう。でも、私に隠し事なんて、生意気だと思うんですよ、ねぇ先輩？」

気まずい空気を払拭するように、私は軽い口調で続けて言う。

「というわけで、そんな先輩にお仕置です！」

私の言葉に、先輩は苦笑を浮かべつつ「なんだ？」と問いかけてきた。

「一緒に海に行きますよ」

「ああ、ご一緒させてもらう」

「それと夏祭り！　一緒に花火を見ますよ！」

「ああ、もちろん。楽しみだ」

嬉《うれ》しそうに答える優児先輩を見て、ついつい私は彼を揶揄《からか》いたくなってしまう。

「私の水着姿と浴衣姿。すっごく楽しみですよね、ね？　優児セーンパイ？」

「ああ、もち……いや、それは……ほどほどだ」

「先輩は、隠し事も嘘《うそ》も下手くそですね？」

私の言葉に、先輩は「……そうかもな」と、小さな声で答えた。

彼の気まずそうな表情を覗《のぞ》き込みながら、問いかける。

「あ、でもこれじゃ――、お仕置じゃなくって、御褒美になっちゃいますね、先輩？」

私の言葉に、先輩は後頭部を掻《か》きつつ、視線を逸《そ》らしてから答えた。

「ああ、そうだな。冬華《とうか》の水着も浴衣も、楽しみにしている」

照れくさそうに笑う優児先輩を見て、私はとてもくすぐったい気持ちになる。

隠し事をされても、こんな何気ない一言で満たされちゃう私は――。

我ながら、先輩のことが大好きすぎるなぁ、なんて。そんなことを思うのでした。

OVERLAP

友人キャラの俺がモテまくるわけないだろ？ 3

発　　行　2020年8月25日　初版第一刷発行

著　　者　世界一
発 行 者　永田勝治
発 行 所　株式会社オーバーラップ
〒141-0031　東京都品川区西五反田 7-9-5
校正・DTP　株式会社鷗来堂
印刷・製本　大日本印刷株式会社

Printed in Japan　ISBN 978-4-86554-641-5 C0193